못 찾겠다
꾀꼬리

못 찾겠다 꾀꼬리

발행일   1판 1쇄 2016년 4월 30일

지은이   이 선 영
펴낸이   구 충 서
펴낸곳   도서출판 물망초

등록   2014년 10월 21일 제2013-000195호
주소   서울 서초구 방배로76 309(방배동 머리재빌딩)
전화번호 (02)585-9954, 070-4194-9962
팩스   (02)585-9962
전자우편 mulmangcho522@hanmail.net
홈페이지 www.mulmangcho.org
ISBN   979-11-952369-8-5 43810

못 찾겠다 찌꺽지

이선영 소설

목숨 걸고 압록강을 건넜지만
한국에 동화되지 못한 탈북자들의 이야기

도서출판 물망초

우리 삶에서 '탈북자'가 자리한 지 오래다. 그런데도 우리는 그들의 존재에 대해 나 몰라라 외면해왔다. 하지만 관심 여부와 상관없이 분단의 결과로 만들어진 우리와 그들의 관계는 숙명적일 수밖에 없다. 내가 '숙명'이라는 다소 비장한 단어를 쓴 이유는 윗대로 거슬러 올라갔을 때 이 문제는 혈연과 얽혀 있기 때문이다.

어느덧 탈북자가 우리 사회의 구성원으로 안착하고 있는 시점에 이르렀다. 전쟁은 오래전에 끝났지만, 혈연으로 끈끈하게 얽힌 분단의 아픔과 그로 인해 풀어야 할 현실적 문제는 우리에게 많은 과제로 남아있다. 그 시점에서 이 소설은 시작되었다.

최수복은 국군포로로 북한에 끌려간 형을 애타게 기다리다가 숨을 거두고 만다. 천신만고 끝에 탈북한 형 최수만은 동생의 첫 기일에 그의 가족과 대면한다. 전쟁에 끌려가기 전 선친으로부터 받은 땅의 소유권을 주장하는 형과 오랜 시간 그 땅을 소유하고 관리해 왔던 동생 가족과의 대립은 팽팽할 수밖에 없다. 이런 일련의 사건을 통해 분단에 대해 자각조차 없었던 대학생 최재홍

못찾겠다
찌꼬리

과 북한에서 갖은 고생으로 탈북한 순임이 앞으로 어떻게 소통하면서 살아가야 할지에 대한 고민을 조심스레 던져보고자 했다.

　이 작품을 쓰면서 탈북자 삶의 면면을 살펴보는 값진 시간을 가졌다. 그러면서 자성의 시간을 갖기도 했다. 작가라는 이름으로 나는 과연 어떤 이야기를 써야만 하는 걸까. 문학은 사회적 산물이어야 한다는 전제를 굳이 인용하지 않더라도 사회 속에서 호흡하는 이야기를 써야 한다는 자각이 든 탓이다.

　이 책이 나오기까지 나는 또 많은 분께 빚을 졌다. 내가 멈추지 않고 글을 쓰는 것으로 그 빚을 갚을 요량이다. 나의 영원한 스승 조동선 선생님과 장편반 작가님들에게 머리 숙여 감사를 드린다. 역사의 조난자들에게 관심을 갖는 물망초와 박선영 이사장님께도 이 자리를 빌려 감사를 전한다.

　마지막으로 엄마에게도 뜨거운 감사를 드린다. 노동에 가까운 글쓰기를 하는 동안 몸이 허약한 내 건강을 팔순의 엄마가 챙기지 않았다면 벌써 지쳤을지도 모른다. 앞으로도 나는 엄마가 해 주는 '밥심'을 믿고 줄기차게 글을 쓸 것이다.

2016년 봄날에
이 선 영

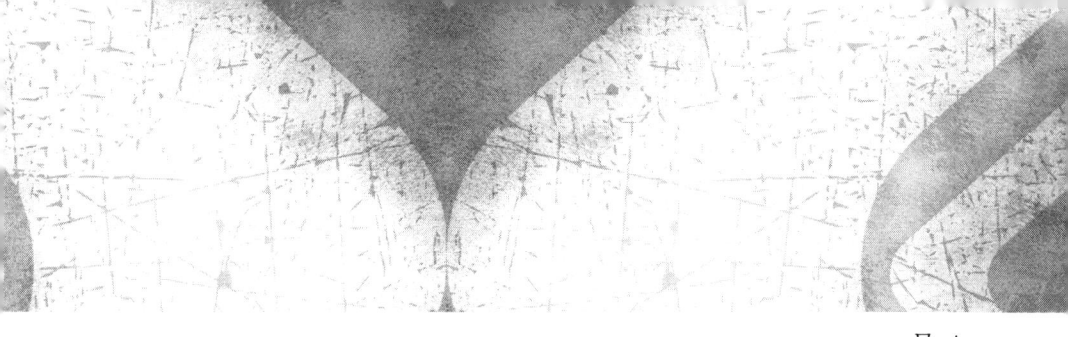

1

큰할아버지 돌아오다

오늘은 할아버지의 첫 기일이다. 시간을 맞춰 큰할아버지가 온다고 했는데, 큰할아버지는 할아버지의 단 한 분밖에 없는 형님이었다. 할아버지의 유일한 피붙이였지만, 우리 식구로서는 얼굴 한 번 본 적 없는 어른이었다. 이것은 사건이라면 사건일 수 있는 일이었다. 반세기를 지나 십여 년을 보탠 세월의 간극이 존재하는 형제의 대면. 극적이긴 했지만, 어차피 망자와 산자의 만남이었다.

불편한 자리일 게 뻔했다. 대학에 입학한 지 한 달이 조금 지난 시점에서 학교생활에 적응하기도 정신없는 데다가, 연애에 치명

못찾겠다
꾀꼬리

타를 입은 내가 신경 쓸 일은 아니었다. 깜빡 잊은 척하기로 했고 끝까지 모르는 척하고 싶었다.

우리 가족도 나와 별반 다르지 않을 거라 생각했지만, 아니었다. 겉으로는 큰할아버지 존재를 대수롭지 않게 생각하는 듯했지만, 실은 무진장 신경을 쓰는 분위기라고 해야 할까. 학교에 가려고 서둘러 집을 나서려는 내가 엄마의 레이더망에 포착된 것만 봐도 알 수 있었다.

"오늘 무슨 날인 줄 알지? 일찍 들어와. 큰할아버지도 오신다잖니. 어쨌든 집안 어른이니까. 그리고…. 아니다."

엄마는 '그리고'라는 말에 은근히 힘을 실었다. 그 뒤에 미처 하지 못한 말을 짐작할 수 있었다. 엄마는 큰할아버지를 수적으로 밀어붙일 심산일지도 몰랐다.

엄마의 계산과 달리 나는 '집안 어른'이라는 단어가 은근히 거슬렸다. 난데없이 등장한 집안 어른. 뚜렷하게 내세울 것 없는 나한테는 정말 반갑지 않은 존재였다. 어쩌다가 먼 일가라도 만나면, '재홍이 쟨 어느 대학을 갔나?' 하는 눈초리가 나한테 꽂히는 게 느껴졌다.

이름도 생소한 신진 N대학이 내가 다니는 학교다. 내 성적으로는 거우 합격한 과분한 대학이었지만, 남들에게 내세울 만한 대학은 아니었다. 엄마는 주변 사람들에게 N대학보다는 인지도가 있는 D대학을 내가 다니는 학교로 순식간에 둔갑시켰다. N대학과 D대학의 공통점이라고는 경기도 소재지라는 것뿐이었다. 엄마 심정도 충분히 이해는 갔다. 자식이라고는 달랑 나 한 명뿐인데, 내가 변변치 않으니 그럴 수밖에 없었을 것이다.

그런데 엄마 자존심의 마지노선이 대학이 끝이 아니라는 게 문제였다. 취업이 남아 있었다. 엄마는 내가 대학을 졸업한 후에 버젓한 직장에 입사하는 것으로 아들이 삼류대학에 다닌다는 설욕을 만회하려고 했다. 그런 엄마의 망상 때문에 대학에 입학해서도 새내기 생활은 즐겨보지도 못했다. 엄마의 닦달은 고3 때 못지않았다. 유명 영어 학원과 갖가지 스펙 쌓기를 열거하며 내가 도서관 '죽돌이'가 되길 원했다.

할머니와 아버지는 그런 엄마를 못마땅해 했지만, 견해의 차이는 달랐다. 아버지는 사람들 이목과 세상 잣대가 대수냐고 했고 할머니는 '우리 장손'의 기를 죽이지 말라는 쪽이었다. 여차하면 그깟 대학 안 다니면 그만이라는 생각은 두 사람 다 똑같았다. 나도 두 사람의 의견에 슬쩍 편승하고 싶었다. 그 마음의 밑바닥에는 형편이 나아진 우리 집 경제적 여건이 한몫했다는 것을 굳이 부인하진 않겠다.

엄마라고 그걸 모르겠는가. 하지만 엄마는 내가 집안 재산이나 믿고 인생을 허투루 사는 것을 용납하지 않았다. 그런 까닭에 엄마는 초장부터 아버지한테 말도 안 되는 소리를 집어치우라고 했다. 하지만 할머니한테까지 그럴 수는 없었다. 다른 집 같으면 팔십 넘은 할머니가 집안에서 무슨 발언권이 있겠느냐고 할지도 모르겠지만, 우리 집 사정은 달랐다. 할머니 말 한마디가 우리 집에서는 법으로 통했다. 엄마가 평소에 갖는 최대 불만이었지만 어쩔 수 없다.

엄마 말로는 아버지가 변변치 못한 탓이라고 했다. 무슨 일이든 할머니가 결정한 대로 따라온 아버지였다. 고졸 학력에 시골버스 운전기사였던 아버지에게 중장비 기사 자격증을 적극적으로 권했던 사람도 할머니였다. 일찍부터 바깥일에 관여해온 할머니가 내린 결정이었다.

할머니의 판단은 틀리지 않았다. 그 일은 아버지의 천직이 되었다. 물론 경기침체와 불경기로 건설업이 수많은 한파를 겪긴 했지만, 지금까지 큰 어려움은 없었다. 그 배후에 할머니의 용단이 있었다는 걸 누누이 강조하는 아버지였다.

그런 아버지인 만큼 내 문제도 엄마 의견보다는 할머니 의견에 적극적으로 동조하며 나섰다. 삼류대학 출신을 화이트칼라 대열에 합류시키고자 하는 엄마를 속물이라며 비웃곤 했다. 아버지는 나에게 이도 저도 안 되면 중장비 기사 자격증을 따라고 한 적도 많았다. 그럴 때마다 엄마는 사생결단으로 막아섰다.

11

그렇게 내 진로에 대한 세 사람의 의견은 분분했지만, 문제는 나였다. 엄마가 그럴수록 부담스러워졌다. 울며 겨자 먹기 식으로 못 이기는 척 아버지의 제안을 따르는 상황이 오길 내심 기대하고 있는 것인지도 몰랐다.

취업전쟁은 애초부터 떨어뜨리기 위한 경쟁이었다. 좋은 대학과 괜찮은 스펙을 가진 인간들이라면 충분히 도전해볼 만한 경쟁인 데다가 나름의 성취욕과 보람도 얻을 수 있을 것이다. 그러나 나처럼 아예 출발선에서부터 밀리는 선수에게는 시간과 돈을 낭비하는 짓임이 분명했다. 그런 뻔한 경쟁에 뛰어들어 선택의 갈림길에 서 있는 마당에 난데없이 등장한 '집안 어른'이 조금도 반가울 리 없었다.

학교 멀티미디어 실에서 인터넷 서핑으로 시간을 때우다가 어스름해졌을 때 집에 도착했다. 현관문을 열자마자 음식 냄새와 기름 냄새가 나를 덮쳤다. 하지만 거실에는 아무도 없었다. '집안 어른'은 아직 오지 않은 모양이었다. 주방을 힐끗 쳐다보니 할머니가 있었다. 이례적인 일이었다. 평소에는 부엌일에 상관하지 않는 할머니였기 때문이다.

김포에서 살 때, 할머니는 농사일을 나 몰라라 했던 할아버지 대신해 농사일과 바깥일을 도맡아 했다. 그런 터에 할머니의 집안 살림 실력은 좋지 못했다. 엄마는 할머니의 살림 실력이 '젬병'이라고 구시렁거리기도 했다. 할머니는 체구도 큰 편이었다. 등도 넓고 손과 발도 커서 얼핏 보면 남자 같았다. 하관이 길어 말상인 할머니는 목소리도 우렁찼고 성격도 괄괄했다.

아무리 그렇다고 해도 할머니에게 큰할아버지는 시아주버니였다. 그것도 남편 첫 기일에 찾아온 유일한 시집 식구가 아닌가. 물론 최소한이겠지만, 예의를 차리는 것이 당연하다 싶었다.

식탁에 앉아 전기 프라이팬에 고추 전을 지지고 있던 할머니가 나를 반겼다.

"우리 장손 왔네."

'우리 장손.' 할머니는 어릴 적부터 나를 저렇게 불렀다. 살아생전 할아버지는 그 명칭을 썩 달가워하지 않았다. 그 때문에 할머니는 더더욱 나를 그렇게 불렀던 게 아닌가 싶기도 했다.

아버지도 반박한 적이 있었다. 재홍이가 우리 최씨 집안의 장손인지 아닌지는 정확히 모르지 않느냐고 말이다. 평소 할머니 앞에서 꼼짝도 못 하는 아버지로서는 드문 일이었다. 할머니는 하늘이 두 쪽 나도 재홍이가 우리 집안 장손이라며 펄쩍 뛰었다. 하도 호통을 쳐서 아버지도 다시 입을 떼지 않았다.

나는 채반에 노릇노릇하게 부쳐 놓은 고추 전 하나를 손가락으로 날름 집어 먹었다. 입천장이 뜨거웠지만, 맛은 고소했다.

"언제 오신대요?"

나는 큰할아버지라는 말이 입에 붙지 않아서 생략하고 물었다.

"느그 아비랑 같이 온다나, 어쩐다나."

할머니는 손수 제사음식을 준비하면서도 불편한 심기를 드러냈다.

"아버님이 좋아하시겠네요. 그렇게 보고 싶어 하시던 형님을 뵙게 되니 말이에요."

싱크대에서 설거지하던 엄마가 할머니를 돌아보며 물었다. 엄마 역시 나 만큼이나 '집안 어른'의 방문이 썩 내키지는 않았을 것이다. 그러나 어찌할까. 엄마 또한 시댁 어른이면 예의를 갖춰야 할 밖에….

"느그 시아버지야 저승에서도 신바람이 났겠지. 하지만 난 당최 거북살스럽고 부담스럽다."

"하긴 어머니는 그러시겠어요. 어머니도 처음 뵙는 분이라면서요."

"말해 뭐하겠니. 내가 시집오기도 전에 군대 전사 통지를 받은 양반인데, 원."

할머니는 입술을 씰룩거리면서 혀를 찼고 엄마는 공연히 나한테 눈을 찡긋해 보였다.

아버지가 큰할아버지 대한 말을 꺼낸 것은 한 달 전쯤이었다. 큰할아버지 소식을 접하고 제일 못마땅해 한 사람은 할머니였다.

"큰아버지가 곧 입국하실 것 같아요."

아버지가 저녁 밥상에서 무심한 던진 말이었다. 마치 고향 친구가 서울에 올라와서 만났다는 식의, 평소와 조금 다른 일상을 전달하는 말투였다. 예사로운 아버지의 말투와는 달리 식탁 분위기는 금세 '싸'해졌다.

정확한 날짜를 몰라서 그렇지 큰할아버지의 입국은 예견된 일이었다. 거의 임박했다는 것도 기정사실이었다. 그런데도 찬물을 뒤집어쓴 것 같이 변한 집안 분위기는 큰할아버지가 우리 식구에게 불청객이라는 것을 의미했다.

"그게 언제쯤이냐?"

할머니가 불안한 표정으로 물었다.

"내일이나 모래쯤? 길어봤자 사나흘 정도면 한국 땅을 밟으실 거라네요."

"우리가 뭘 해야 하는 거냐?"

"우선 만나봐야 하지 않을까요? 어쨌든 우리 쪽에서 큰아버지를 초청한 거니까요."

"입은 비뚤어졌어도 말은 바로 하랬다고 우리가 그 양반을 오라고 했냐? 느그 아비가 떡하니 일은 저질러 놓고 저 세상 뜬 거지."

할머니의 목소리가 집안을 가득 채웠다. 할머니는 조금만 흥분해도 목소리가 커졌다. 아버지는 할머니가 일꾼들을 거느리느라고 목소리가 커진 것이라고 안타까워했고, 엄마는 할머니가 기가 세서 할아버지한테 사랑을 받지 못한 것이라고 친정식구에게 속닥거렸다. 할머니도 애써 마음을 감추고 있었지만, 목소리만은 어쩔 수 없었나 보다.

"어머니도 참, 그렇게 말씀하시면 안 되죠."

아버지의 목소리에 묘한 기운이 실려 있었다. 마치 할머니를 나무라는 듯한 말투였다. 이내 할머니의 기세가 수그러들었다.

할머니와 아버지의 관계는 묘했다. 겉으로는 아버지가 할머니의 드센 기운에 꼼짝 못 하는 것 같지만, 실상은 할머니가 아버지를 못 이겼다. 이유는 분명했다. 우리 집에서도 자식 이기는 부모 없다는 말이 통할 것이다. 할머니에게 아버지는 천하에 없는 외아들이니만큼 당연한 일이었다. 더군다나 할아버지와의 관계가 소원했던 할머니에게 아버지는 인생의 전부였을 것이다. 그걸 아는 엄마는 아버지를 조종해서 할머니를 이겨 먹곤 했다.

"당분간 아범이 그 양반 상대해라. 나는 생각할 시간을 좀 가져야겠다."

"아무튼, 잘 된 일이네요. 살아생전 아버님이 그렇게도 애타게…"

"어미는 뭐가 잘 됐다는 게냐? 난 그 양반 얼굴도 본 적 없다."

입에 발린 엄마의 말이 끝나기도 전에 할머니가 발끈했다. 할머니는 탁 소리 나게 수저를 놓고 식탁에서 일어났다. 괄괄한 성격 속에 옹이가 진 꼬장꼬장함은 아무도 못 말렸다. 평생 큰살림을 도맡아 하느라고 세파를 견디어 낸 사람의 짱짱한 근성이 드러났다.

그날 이후 큰할아버지는 무사히 입국했고 아버지가 두 번 정도 만났다. 아버지는 큰할아버지와 함께 할아버지를 모신 납골당에 다녀왔다고 했다. 큰할아버지는 탈북자였다. 큰할아버지의 탈북은 할아버지가 평생을 바쳐 해 온 일의 결과물이었으므로 아버지 입장에서는 큰할아버지를 모르는 척할 수만은 없었을 것이다.

할아버지가 살아계셨을 때 대사관에서 연락이 온 적이 있었다. 큰할아버지의 신원확인 때문이었다. 할아버지는 당신의 형님임을 확인했고 큰할아버지가 중국에 체류하는 동안 그곳에 잠깐 다녀오기도 했다. 형제의 상봉은 눈물겹게 뜨거웠다고 했다. 눈으로 직접 본 것은 아니었지만, 우리는 할아버지로부터 수없이 그 얘기를 들어야 했다.

그 후 집에 돌아온 할아버지는 형에 대한 그리움을 나날이 키웠다. 물론 할머니는 그런 할아버지를 못마땅해 했지만 대놓고 내색하지 못했다. 쉽게 이루어질 것 같았던 큰할아버지의 입국은 차일피일 미뤄져서 1년을 넘어 끌었고 그러는 사이 할아버지는 끝내 눈을 감고 말았다.

거실에 병풍을 둘렀고 교자상을 폈다. 그동안 아버지가 도맡아 해온 일이었지만 아버지가 늦자 할머니의 성화에 못 이긴 엄마와 내가 준비했다. 할머니는 그렇게 서둘러대던 사람 같지 않게 제사상에 놓일 음식들을 건성으로 살폈고, 엄마에게 대충 마무리하라며 귀찮은 표정을 지었다. 마치 무엇에 쫓기는 사람 같았다. 할머니는 할아버지 기일 때문에 큰할아버지 방문을 막을 수 없었던 게 끝내 못마땅한 모양이었다.

육십여 년 전 받은 최수만의 전사 통지. 할아버지에게 형은 죽은 사람이었고 증조부에게도 맏아들은 죽은 사람이었다. 하지만 망자가 저쪽에 버젓이 살아있다는 소식은 남은 가족들에게 희망인 동시에 충격이었다. 당시 칠십 대 초반이었던 조부모님은 맏아들과 만날 날만 학수고대했고 오십 대의 할아버지는 형에 대한 그리움으로 여생을 보냈다.

할아버지는 병원에서 산소호흡기로 죽음과의 사투를 벌이는 순간에도 큰할아버지의 입국 결정에 촉각을 곤두세웠다. 하지만 큰할아버지의 한국 입국이 지연되자 할머니는 안도하는 눈치였다. 할머니는 속으로 그사이 무슨 일이라도 터져서 큰할아버지가 영영 한국 땅을 밟지 못했으면 하는 바람이 간절했을 것이다. 물론 그 속내를 겉으로 드러낸 적은 없었다. 그 점에서는 엄마도 이하 동문이었다.

아버지는 어느 쪽 편이었을까? 모르겠다. 사실 나는 할머니가 큰할아버지에게 지나치게 과민반응을 보이는 이유를 정확히는 몰랐다. 물론 표면적인 이유는 별거 아니었다. 단지 할머니에게 껄끄러운 시집의 어른이라는 것. 하지만 그게 딱히 그렇게까지 과민반응을 보일 만한 이유일까. 아니다. 뭔가 있었다. 그 뭔가를 나도 아주 모른다고만은 할 수 없어 이 자리가 못내 불편했다.

"어미야, 어디쯤 오는지 아비한테 전화 좀 해봐라."

할머니는 거실 벽에 붙은 시계를 연신 올려다보며 어머니를 재촉했다. 조금 전까지 큰할아버지의 갑작스러운 등장이 못마땅해서 뻣뻣하게 신경을 곤두세우던 할머니 모습은 사라지고 안절부절못했다. 웬만한 일로 저렇게 안절부절못하는 할머니가 아니었다.

"어머니, 아직 여덟 시도 안 됐는걸요."

엄마가 어이없다는 표정으로 대답했다. 급기야 할머니는 아파트 현관문을 열고 나갔다가 들어와서는 방으로 들어가 버렸다. 엄마가 내 손목을 잡아끌었다.

"왜 저러신다니."

엄마가 목소리를 낮추며 손가락으로 할머니 방을 가리켰다.

"내가 어떻게 알겠어요? 엄만 좀 알 거 같은데."

내가 넌지시 엄마 옆구리를 찔렀다. 아무리 엄마라고 하지만 너무 시치미를 떼니까 조금 얄밉기도 했다.

"애 좀 봐라. 내가 뭘 안다고."

엄마는 입을 삐죽거리며 머리를 절레절레 흔들었다. 엄마는 모른다고 잡아떼고 있었지만, 조금 혹은 많은 것을 알고 있었다. 그래서 큰할아버지의 방문이 썩 반갑다고도, 그렇다고 썩 반갑지 않다고도 말하기 어려웠을 것이다.

할아버지가 지병인 당뇨와 고혈압으로 세상을 뜬 후, 우리 집에서 '큰할아버지'는 금기어였다. 딱히 누가 그렇게 하자고 정한 것은 아니었지만, 암묵적으로 합의된 사항이었다. 그전에는 싫든 좋든 큰할아버지는 우리 가족사에 깊게 드리워진 그림자 같은 존재였다.

김포에서 서울로 이사를 오면서 할머니는 큰할아버지 흔적을 깨끗이 없앴다. 살아생전 할아버지가 보물처럼 끌어안고 있었던 것들이었다. 큰할아버지의 청소년 시절 물건이었지만, 할아버지의 손때로 얼룩진 흑백의 그것들은 할아버지의 물건이라고 하는 게 더 맞았다. 하지만 할머니에게는 고생으로 얼룩진 지난 세월을 각인시키는 증거였을 것이다.

우리 식구 중 누구도 큰할아버지의 입국을 대놓고 반가워하지

못찾겠다 찌찌리

않을 수만은 없었다. 최씨 집안 어른들은 세상을 하직할 때마다 큰할아버지를 언급했는데, 임종을 지키던 자손들이 그 유지를 받들겠다고 엄숙히 선언했기 때문이었다. 하지만 큰할아버지의 얘기만 나오면 모두 약속이나 한 듯 전혀 모르겠다고, 혹시 아느냐고 서로에게 묻는 제스처로 어색한 순간을 모면했다.

'땡!' 엘리베이터가 멈추는 신호음이 들릴 때마다 엄마는 잔뜩 긴장한 듯 두 손을 맞잡고 주물렀다. 덩달아 나도 초조해졌다. 수능이 끝나고 장난삼아 피다 끊었던 담배 생각이 간절해졌다. 엘리베이터의 신호음이 몇 차례 지나가고 현관문을 여는 소리가 들렸다. 현관에 처음으로 모습이 드러난 사람은 아버지였다. 아버지가 다소 과장된 목소리로 외쳤다. 큰아버지가 오셨다고.
아버지를 따라 들어 온 큰할아버지는 키가 작고 몸이 왜소했다. 잠깐 보기에도 할아버지와 닮은 데가 별로 없었다. 의외였다. 할아버지는 뼈대가 굵고 기골이 장대한 편이었다. 여자치고는 몸이 크고 성미가 칼칼한 할머니도 할아버지의 몸집에 기를 못 펴곤 했으니 말이다.
아버지가 신발을 벗고 거실로 막 들어서자마자, 큰할아버지 뒤로 또 한 사람이 불쑥 나타났다. 엄마도 할머니 방 쪽으로 가다가 멈칫했다. 큰할아버지에게로 가던 시선이 자연스럽게 그 사람에게로 옮겨갔다. 여자였다. 고개를 살짝 숙이고 있어서 얼굴을 볼 수 없었지만 젊은 여자인 것만은 분명했다. 그 여자에 관해서 아버지에게 한 번도 들은 적이 없었다.

세 사람이 거실로 들어왔다. 아버지는 엄마와 내가 있는 방향으로 몸을 틀었고, 큰할아버지와 묘령의 여자가 엉거주춤 서 있었다. 큰할아버지는 왜소한 외모와는 달리 얼굴이 넙데데했다. 이목구비가 중앙으로 몰려 있어서 깐깐해 보이는 인상이었다. 할머니의 표현에 따르면 오종종한 외모였다. 전체적으로 깡마르고 볼품없는 체격이었지만 그나마 큰 얼굴이 그것을 가려 줬다. 합죽이가 된 입을 손으로 가리는 모양이 이가 거의 없는 것 같았다. 이제야 아버지의 골격이 왜 작은지 이해가 되었다. 아버지는 할머니도 할아버지도 아닌 큰할아버지의 외모를 닮은 것이었다.

큰할아버지는 '체크무늬' 일색이었다. 나름 꽤 멋을 낸 차림이었다. 카키색 체크무늬 바지에 브라운과 블랙이 섞인 체크 점퍼. 그래서 그 안에 받쳐 입은 흰색 와이셔츠가 두드러져 보였다. 탈북자라는 색안경을 쓰고 보면 달리 보일 수도 있었지만, 김포에서 익히 보았던 시골 노인들의 차림새와 별반 다르지 않았다. 다만 체구가 작아서 마른 나뭇가지에 천을 덮어씌운 모양새였다.

그런 차림과는 별개로 큰할아버지는 네모로 각진 턱을 빳빳이 쳐들었다. 눈동자도 흐트러뜨리지 않은 채 한 곳만을 응시했다.

어디선가 구령이 떨어지면 곧바로 전투 자세를 취할 태세였다. 그제야 큰할아버지가 국군포로였다는 사실이 떠올랐다. 하지만 그게 언제 적 일인데 하며 나는 속으로 머리를 내저었다.

누구 앞에서라도 절대 기죽지 않겠다는 강한 의지가 엿보이긴 했지만, 내 눈에는 과잉된 자격지심의 표출로밖에 보이지 않았다. 그러면서 나는 스스로에게 조금 놀라고 있었다. 이쪽 편의 눈으로 저쪽을 탐색하는 엄마의 계산법에 나도 합류하고 있다는 생각이 들어서였다.

나의 눈은 큰할아버지 옆에서 커다란 눈망울을 굴리며 거실을 둘러보는 여자에게로 향했다. 이십 대 초반으로 보이는 여자는 한눈에 보기에도 꽤 봐줄 만한 인물이었다. 마르고 까칠한 얼굴이었지만 눈매와 입매의 날이 무디지 않아 눈에 띄었다. 아담한 키에 호리호리한 몸매도 균형이 잡혀 있었고 옷차림은 수수했다. 청바지에 후드 티셔츠 차림이었다. 의외의 등장인물이었다. 누굴까? 큰할아버지나 북한과는 상관없는 사람일 수도 있었다.

큰할아버지와 그 여자 역시 우리 집을 탐색하는 데 여념이 없는 표정이었다. 그렇게 잠깐의 시간이 흘렀다. 길어봤자 삼십 초에서 일분도 채 되지 않는 시간이었지만 우리는 서로에게 인사말을 건네는 것조차 잊어버리고 있었는지도 몰랐다.

나는 누군가를 열심히 찾았다. 아버지와 엄마도 허둥거리며 찾고 있는 사람은 단 한 사람. 바로 할머니였다. 이 시점에서 할머니가 어떤 역할을 해줘야 한다는 것이 우리의 공통된 생각이었다. 아버지가 할머니의 방문에 가까이 다가갔다. 아버지가 문 손잡이를 잡기 전에 방문이 벌컥 열렸다.

할머니는 한복 차림이었다. 연한 미색 저고리에 연보라 치마를 갖춰 입은 할머니의 차림새는 제법 '깔 맞춘' 티가 났다. 아무리 할아버지의 기제사라고 해도 격식을 너무 차린 게 아닌가 싶었다. 큰할아버지를 의식한 것이 분명했다. 내가 '헐! 대박'을 막 읊조릴 찰라 엄마의 얼굴에 눈길이 갔다. 검은 눈동자가 가운데로 쏠리는 김미애 여사 특유의 표정. 곧 혀를 둥그렇게 말고 머리를 끄덕거릴 차례였다.

엉뚱한 상황에 직면했을 때 나타나는 엄마의 습관이었다. 만화 캐릭터를 연상시키는 모습이라며 귀엽다고 치켜세운 다음부터 증상이 점점 심해졌다. 그러나 상황이 상황인지라 거기에서 그쳤다. 꼭 치켜세워서가 아니라 김미애 여사는 나이에 비해 '나름' 귀여운 면이 있었다. 여고 동창생들이 집에 오면 아직도 십 대 후반의 소녀처럼 행동하곤 했다. 학생 때 좋아했던 총각 선생 얘기를 하며 수선을 떠는 사람이었다.

'어머, 얘. 할머니는 퍼포먼스라도 한다니?'

김미애 여사는 지금도 호들갑을 떨며 나한테 그 말을 하고 싶어 안달 난 표정이었다.

어색하지만 형식적이고 의례적인 인사말이 오갔다. 어쩌다 매스컴에서 남북문제가 거론될 때마다 나오는 단골 장면이 스쳐 지나갔다. 노인들이 서로를 얼싸안으며 눈물짓는 이산가족 상봉 연출 말이다. 다행히도 그런 낯간지러운 상황 연출은 없었다. 뭔가 심심하고 밍밍했다.

각자 자신을 소개할 때 이미 세상 사람이 아닌 할아버지가 주축이 되었다. 예를 들면 소개에 앞서 할아버지의 함자인 '최수복'이 언급되고, 그 뒤에 부인과 며느리 그리고 손자 아무개입니다 라는 식이었다. 그럴 때마다 큰할아버지의 작은 눈동자는 아득해 졌고 살짝 눈물이 고였다. 마지막으로 내 소개를 마치자 큰할아 버지의 눈은 더 작아지고 또렷해졌다. 당신 동생에 대한 기억을 끌어모으는 중이라는 걸 알 수 있었다.

어색한 만남에서 중심이 되어 주길 바랐던 할머니가 제일 데면 데면했다. 하긴 할머니 입장에서는 난생처음 보는 시아주버니가 반가울 리 만무했겠지만 말이다.

인사가 끝나자 상에 제사음식이 차려졌다. 아버지가 할머니 방에서 할아버지 영정사진을 들고 나왔다. 큰할아버지가 그 사진을 뺐다시피 가져갔다. '수복아!' 큰할아버지가 할아버지의 이름을 불렀다. 숨이 차는지 기침을 연거푸 해대며 사진을 어루만지는 손끝이 심하게 떨렸다.

"기래, 수복이 너래 맞고만. 그때 봤을 때가 이 모습이었지비."

큰할아버지는 긴 탄식처럼 말을 토했다. 큰할아버지가 말하는 '그때'란 중국에서 두 분이 만났던 날을 이르는 것일 터였다. 매스컴에서 익히 보았던 이산가족상봉의 순간이 중국에서 이루어졌던 것이었다. 큰할아버지 입에서 튀어나온 북한 억양을 들으니 비로소 큰할아버지가 탈북자라는 사실이 인지되었다.

제사를 지내는 동안 어색한 분위기는 침묵으로 이어졌고 내 차례가 왔다. 나는 성급히 향을 피우고 절을 올렸다. 시간은 어느새 열 시가 넘어가고 있었다. 엄마는 서둘러 제사상을 치우고 탕과 밥, 전과 나물 등으로 상을 봤다. 둘러앉은 식구들은 말없이 음식을 먹었다. 누구 하나 분위기를 화기애애하게 이끌지 못했다. 숟가락 소리와 그릇 부딪치는 소리만 울릴 뿐이었다. 아버지만 간간이 '많이 잡수세요. 더 드세요.'라는 말을 건넸다.

큰할아버지 옆에서 다소곳이 앉아 밥을 먹는 여자가 자꾸 신경 쓰였다. 여자 자신도, 큰할아버지도 일절 언급이 없었다. 아버지도 여자를 힐끗거리는 걸 보니 누군지 모르는 눈치였다. 큰할아버지와의 어색함도 가시지 않은 상황에서 선뜻 여자에 대해 물어보는 것도 쉽지 않았다. 큰할아버지가 데리고 온 손님으로 접수할 밖에 없었다.

못찾겠다 삐꼬리

상위에 연신 오가는 숟가락질 사이로 더디게 흐르는 시간. '뻘쭘하다'는 말 밖에 달리 할 말이 없었다.

2
못 찾겠다 꾀꼬리

"에미나이, 노래 한 자락 해보래이."

식사가 거의 끝날 즈음이었다. 큰할아버지가 여자에게 난데없이 노래를 시켰다. 큰할아버지 입에서 '에미나이'라는 말이 자연스럽게 흘러나왔다. 그 단어 하나로 여자도 탈북한 사람이라는 사실이 드러났다. 여자는 조금도 주저하지 않고 몸을 잽싸게 일으켰다. 이건 또 무슨 상황인가. 나는 차마 입을 벌리지도 못하고 여자를 멀거니 쳐다보았다.

정종 한 주전자를 거의 다 비운 큰할아버지는 불그레한 얼굴로 여자에게 턱짓을 했다. 그 모습이 어딘가 거만해 보였다. 두 손바닥을 마주 잡고 목을 길게 뽑는 여자가 목소리를 가다듬었다. 분위기가 갑자기 어색해졌다.

"그래요. 한 번 불러 봐요."

아버지가 헛웃음을 지으며 손바닥을 쳤다. 아버지는 나름대로 분위기를 띄우려고 노력했다. 아버지의 노력이 가상해서인지 아니면 속으로는 여자의 노래를 듣고 싶은 거였는지 나도 모르게 어영부영 손바닥을 쳤다.

여자는 홍조를 띠면서 부끄럽게 웃었다. 분홍빛 잇몸에 살짝 드러나는 덧니가 눈에 띄었다. 일본 여자 모델들의 그것처럼 꽤 앙증맞았다. 여자는 다시 한 번 두 손을 맞잡고 입술을 꼼지락거렸다. 북한을 소개하는 텔레비전 프로의 한 장면이 그려졌다. 머리에 붉은 꽃을 달고 빨간 입술에 색동저고리를 차려입은 채 일련의 동작으로 가무를 하는 딱 그 장면이 말이다.

그 틈에 할머니가 '끄응' 하는 신음과 함께 몸을 일으켰다. 우리는 할머니의 신음이 못마땅해 하는 경고음이라는 것을 알고 있었다.

"그건 예가 아니지. 아무리 호상이었다고 해도 오늘이 느그 아버지 첫 제사인데, 노래는 무슨."

할머니의 노여움이 터져 나왔다. 듣고 보니 맞는 말이었다. 하지만 섣불리 할머니 말에 동조할 상황이 아니었다. 노래를 제안

한 사람이 아버지도 엄마도 나도 아니었기 때문이다. 손님으로 온 '집안 어른'의 제안을 거스르는 것도 예가 아닐 수 있었다.

"우리 수복이 살아생전에 무시 그리 잘혔다고…. 노래가 기래 거슬리면 방에 들어가시라요."

큰할아버지의 만만치 않은 일갈이었다. 할아버지가 중국에서 큰할아버지에게 할머니 험담을 얼마나 했기에 저런 말을 버젓이 할 수 있는지도 의심이 가기도 했다. 할머니의 얼굴은 금세 파랗게 질렸다. 어깨를 한껏 뒤로 젖히는 큰할아버지의 모습과는 상반된 표정이었다.

"제수씨는 방에 들어가 계시라요."

큰할아버지가 비스듬하게 누인 몸을 바로 하며 한 번 더 할머니에게 말했다. 할머니는 굳은 표정으로 방에 휙 들어갔다. 엄마는 할머니를 거드는 시늉을 하고는 도로 앉았다. 할머니가 퇴장하자마자 내 최대 관심사는 갑자기 노래를 부르겠다고 나선 여자에게 집중되었다. 정확히 몇 살이나 된 걸까? 큰할아버지와는 무슨 관계일까? 여자에 대한 의문이 증폭되었다.

한마디로 여자는 '볼매'였다. 볼수록 매력이 있다는 말. 우리 나이 또래에 쓰는 신세대 언어다. 내가 저 여자에게 꽂힌 걸까.

그녀의 꾀꼬리 같은 목청에서 난데없는 '꾀꼬리'가 터져 나왔다.

못 찾겠다 꾀꼬리

못 찾겠다 꾀꼬리

어두워져 가는 골목에 서면

어린 시절 술래잡기 생각이 날거야

모두 숨어버려 서성거리다

무서운 생각에 나는 그만 울어버렸지

못 찾겠다 꾀꼬리 꾀꼬리 꾀꼬리

나는야 오늘도 술래

못 찾겠다 꾀꼬리 꾀꼬리 꾀꼬리

나는야 언제나 술래

하나, 둘 아이들은 돌아가 버리고

교회당 지붕 위로 저 달이 떠올 때

까맣게 키가 큰 전봇대에 기대앉아 애들아

워! 워!

얘들아, 얘들아

엄마가 부르기를 기다렸는데

강아지만 멍멍 난 그만 울어버렸지

그 많던 어린 날의 꿈이 숨어버려

잃어버린 꿈을 찾아 헤매는 술래야

이제는 커다란 어른이 되어

눈을 감고 세어보니

지금은 내 나이는

찾을 때도 됐는데 보일 때도 됐는데 애들아

워! 워!

얘들아 얘들아

못 찾겠다 꾀꼬리 꾀꼬리 꾀꼬리

나는야 오늘도 술래

못 찾겠다 꾀꼬리 꾀꼬리 꾀꼬리

나는야 언제나 술래

조용필의 '못 찾겠다 꾀꼬리'였다. 노래는 잘 부르는 편이었다. 박수를 치면서도 우리 세 식구는 눈이 휘둥그레졌다. 여자의 정체가 점점 더 궁금해졌다. 나는 잘 모르는 노래였지만, 워낙 유명한 노래여서 앞 소절 정도는 귀에 익어서 익숙했다. 하지만 뒷부분은 가사도 모르거니와 음도 서툴렀다.

경쾌하게 출발한 노래는 뒤에 가면서 애잔하고 구슬퍼졌다. 그녀의 목소리는 노래 가사 속에 묻은 서글픔까지 잘 표현했다. 큰할아버지는 주름진 눈가를 손으로 연신 훔쳐냈다. 어릴 적 우리 할아버지와 술래잡기를 하던 일을 추억하는 걸까.

"고맙습네다."

여자는 노래를 마치고 인사까지 했다. 북한 억양이 섞여 나왔지만, 표준말을 구사하려고 부단히 애를 쓴다는 게 느껴졌다.

"큰아버지, 저 아가씨는 누구예요?"

아버지가 못내 궁금증을 이기지 못하고 물었다. 나와 엄마도 아버지 말에 동조한다는 듯 큰할아버지만 주시했다.

"이 에미나이 니름 말이가? 음, 순임이지비."

큰할아버지는 그걸로 끝이었다. 여자는 덧니를 드러내며 배시시 웃을 뿐이었다. 자신의 이름이 '순임'이라는 사실이 틀림없다는 듯이….

"아, 순임이!"

우리가 정작 알고 싶었던 것은 그녀의 이름이 아니었다는 것을 잊어버린 사람들처럼 이구동성으로 그녀의 이름을 읊조렸다. 그녀의 이름이 공개된 것으로 북한 공연단의 공연은 끝났다. 생각 같아서는 '앙코르'를 외치며 객기를 부리고 싶었지만, 그녀의 이름을 되뇌는 것으로 대신했다.

순임, 순임. 북한 이름이라서 확실히 촌스럽긴 했지만 부를수록 정감 있는 이름이었다. 어느새 내 입가에는 슬며시 웃음이 새어 나오고 있었다. '미친 자식. 너 무슨 생각을 하는 거냐. 정신 차려!' 내 안에 들려오는 목소리에 번쩍 정신이 들었다.

"그럼 순임이도 큰아버님이랑 함께 탈북한 건가요?"

이번에는 엄마가 물었다. 큰할아버지는 머리를 끄덕거렸고 순임은 고개를 가로저었다. 두 사람의 상반된 행동은 무엇을 의미하는 걸까. 우리는 의아한 듯 두 사람을 바라보았다.

"아니, 그기…. 이 에미나이나 나나 북한 탄광촌에서 살았지비.

글타가 남한으로 넘어온 건데."

큰할아버지가 순임을 눈치를 보며 말을 얼버무렸다.

"아, 그렇구나. 그런데 남한 노래는 어디서 배웠어?"

엄마는 자신의 레이더망에 걸린 먹이를 절대 놓치지 않겠다는 듯 작심하고 질문을 했다.

"언니한테…"

순임은 무슨 말인가 하려고 하다가 입을 가리며 큰할아버지를 힐끔 쳐다보았다.

"에미나이, 너래 입 다물란!"

"에고, 내래 어디서 배웠는지 니저버렸수다. 그께 물어보지 마시라요."

큰할아버지가 순임의 말을 막자 그녀는 입을 삐죽삐죽하며 변명했다. 급하게 변명을 해서인지 그녀의 말투에는 사투리가 고스란히 묻어났다. 그녀는 그게 짜증이 났던지 큰할아버지를 향해 눈을 흘겼다. 호기로웠던 큰할아버지답지 않게 순임의 눈치를 살폈다. 두 사람 관계가 조금 이상했다.

"우리 수복이 제사에 음복도 혔고, 수복이와 술래잡기하던 시절도 노래로 회고했지비. 긍께, 너그들 오마니 좀 나오시라고 말한."

큰할아버지가 몸을 꼿꼿이 일으키고는 뜬금없이 할머니를 찾았다. 할머니에게 대놓고 방으로 들어가라고 했던 것은 잊었나

보다.

"어머니는 아까 방에 들어가셨잖아요."

아버지도 살짝 기분이 나쁜 듯 말했다. 그러고 보면 제사를 지내고 식사를 하는 내내 큰할아버지와 할머니는 이렇다 할 대화를 나누지 않았다. 다른 식구들도 변변한 대화를 나누지 않았지만, 두 사람은 특히 더했다. 숨 막힐 듯한 긴장감이 흘렀던 두 사람. 할아버지라는 공통분모가 있는데도 그랬다.

큰할아버지에게는 하나뿐인 동생이었고 할머니에게는 평생을 함께한 남편이어서 대화거리는 충분했을 것이다. 만약 할아버지가 살아있어서 이 자리에 있었다면 긴장감 해소뿐만 아니라 감정의 과잉이 넘쳐나는 장면이 연속되고도 남았을 것이다.

"제수씨 이제 좀 나와보시라요!"

큰할아버지는 완강했다.

"무슨 급한 일이라도?"

"암, 급하다마다!"

큰할아버지가 합죽한 입을 손으로 훔치며 고개를 끄덕거렸다. 큰할아버지 말에 순임이도 머리를 바짝 치켰다. 노래를 부르며 흥을 돋을 때 모습과는 판이했다.

그녀는 우리 집 현관에 들어섰을 때부터 큰할아버지의 부속물처럼 착 달라붙어 있었다. 노래도 큰할아버지가 시켜서 한 일이었다. 인형 같았다. 전원을 켜면 팔다리를 꺾으며 입력된 매뉴얼대로 움직이다가 시간이 되면 뚝, 멈추는 자동인형.

큰할아버지는 자신의 가슴 한복판을 손바닥으로 툭툭 쳤다. 굉장히 과장된 행동이었다. 무엇인가를 강조하려는 듯 보였으나 정확하게 알 수 없어서 더욱 궁금해졌다. 그럴 때마다 순임의 눈동자에서도 빛이 뿜어져 나왔다.

큰할아버지는 할머니 방을 향해 다시 한 번 목소리를 키웠다. 거의 고함에 가까웠다.

"제수씨 좀 나오보시라요! 나이도 먹을 만큼 먹은 우리가 새삼스레 내외할 것도 아니고, 나오셔서 내 아우 수복이 얘기 좀 들려주시라요!"

큰할아버지의 돌발적인 행동에 우리 세 식구는 당황했다. 큰할아버지의 당당함은 어디서 나오는 걸까. 알 수 없는 일이었다. 나는 후회막급이었다. 나는 불합리는 견딜 수 있어도 불편은 딱 질색하는 사람이기 때문이다. 없는 약속이라도 만들어서 늦게 귀가했다면 충분히 피할 수 있는 자리였다. 노인들 기 싸움에 휘말린 생각은 추호도 없었다. 그때 아버지가 나에게 말했다.

"재홍아, 너 얼른 할머니 좀 모시고 나와라."

오 마이 갓! 내가 이럴 줄 알았다. 왜 하필이면 불똥이 나한테 튄단 말인가. 이런 된장이다. 결코, 아버지를 향해 한 말은 아니다. 불특정 다수를 향한 비속어일 뿐. 내가 어기적거리며 일어나는 순간 큰할아버지가 순임을 불렀다.

"순임이 너래 뭐하누 발딱 인나지 않구서."

큰할아버지 말이 떨어지기 무섭게 순임이 할머니 방문 앞에 가서 문을 활짝 열었다. 기본적인 노크나 인기척도 생략했다. 무례하기 이를 데 없는 행동이었다. 그런데 더 우스꽝스러운 상황은 방안에서 일어났다.

할머니는 문 앞에서 벌러덩 뒤로 나자빠진 자세를 하고 있었다. 연보라색 한복 치마가 무릎 위로 걷어 올라가 속이 훤히 보였다. 내가 눈을 질끈 감을 정도였다. 큰할아버지는 헛기침하고, 얼굴을 모로 틀었다. 엄마의 킥, 하는 웃음이 내 귀에도 선명하게 들렸다. 아버지만 안타까운 목소리로 '아이쿠, 어머니!'라는 말을 내뱉었다.

아무런 반응을 보이지 않은 사람은 순임뿐이었다. 누가 보더라도 할머니는 방문 앞에 바짝 붙어 있다가 갑자기 열린 문에 놀라서 뒤로 넘어진 거였다. 그러니까 할머니는 거실에서 일어나는 모든 상황을 예의 주시하며 귀를 곤두세웠던 것이었다.

거실에서는 냉정한 모습으로 있다가 방으로 들어간 할머니였다. 이유가 뭘까? 알 듯도 하고 모를 듯도 하다. 우리 가족 모두가 암묵적으로 염려하고 있지만, 누구도 발설하지 말기로 합의한 것. 그래서 모두 작당이라도 한 듯 시치미 떼고 있는 것과 깊은 관련이 있는 것 같았다.

할머니는 치맛자락을 급하게 수습했지만 이미 늦었다.

"할아버지가 좀 나와 보시라고 합네다."

당황한 할머니의 태도와 달리 순임은 너무 태연해서 다소 뻔뻔해 보이기까지 했다. 그런데 참 이상했다. 그런 순임의 행동에 대해 누구 하나 나무라거나 제지하는 사람이 없었다. 이건 또 뭘까? 물 흐르듯 자연스러웠던 우리 집 질서가 알게 모르게 흐트러지는 이 느낌. 나는 차츰 혼란스러워지기 시작했다. 역시 불편한 자리였다. 불편함의 기저에는 불합리가 깔렸는지도 모르겠다.

"내가 오늘은 좀 피곤해서 내키지 않네."

할머니 변명은 누가 들어도 궁색했다. 우리도 전적으로 할머니의 편을 들어주기는 곤란했다. 할머니가 난감한 자세를 수습한 행동이 매우 신속해서, 피곤하다는 말과는 거리가 멀어 보였기 때문이다. 나이에 비해 할머니는 행동이 날쌔고 민첩한 편이었다. 걸음걸이도 젊은 사람 못지않게 빠르고 목소리도 카랑카랑해서 너끈히 백 살 넘게 살 수 있다는 것을 자타가 인정할 만큼 건강한 노인이었다.

"제수씨, 아무리 우리가 서로 얼굴도 본 적 없는 시아제와 제수 간이라고 혀도 이래 데면데면할 수 없는 일이지라요."

"이제 와서 저한테 무슨 할 말이 있으시다고."

할머니는 마지못해 방을 나오긴 했지만, 똬리 튼 자세는 바꾸지 않았다. 그래서 큰할아버지가 차지하는 공간은 넓어지는 것 같았다.

"아우 얘기것지라요. 내 아우, 우리 형제가 육십육 년 전이나 헤어져 살았는데, 이제 얼굴도 볼 수 없다니! 세상에 이런 원통하고 절통할 일이 어디 있더래요. 말씀 좀 해보시라요? 야, 제수씨!"

큰할아버지는 아예 힐난조였다. 마치 우리가 할아버지를 감춰 놓고 형제 상봉을 방해하는 일당이라도 된다는 듯이 말했다. 큰할아버지의 주름진 눈가에 눈물이 맺히는가 싶더니 급기야 얼굴을 푹 수그리고 울음을 쏟아냈다. 어색하고 난감하기 이를 데 없는 만남의 시간 중에 그래도 가장 극적인 상황이 연출되고 있었다. 하지만 누구 하나 그 감정에 이입되거나, 상황에 동화되지 않았다. 그 또한 해프닝이었다.

할머니에게는 남편이었고 아버지에겐 아버지였던 할아버지는 우리 집에서 처치 곤란 골칫덩어리였다. 적어도 내가 아는 한은 그랬다. 그러니 피도 살도 섞이지 않은 엄마에게 할아버지는 말할 것도 없었다. 더 오래 살아 계시지 않은 것에 안도해야 할 판이었다.

그런 할아버지의 형님이었기에, 그의 울음은 우리에게 어떤 울

림으로도 다가오지 않는 것이 당연했다. 할아버지 첫 기일에 맞
춘 큰할아버지의 우리 집 방문. 우리 가족으로서는 오늘의 행동
이 큰할아버지에게 할 수 있는 최대 예우였다. 할아버지가 돌아
가시기 전 중국에서 형제상봉을 적극 추진하고 도왔던 그것도
예우의 한 부분이었다.

할아버지가 그 순간을 얼마나 되뇌었는지, 우리 식구는 한동
안 신물이 날 지경이었다. 몇 명 안 되는 가족이지만 오늘까지 오
는 데도 의견이 분분했다. 가장 많이 반대한 사람은 할머니였다.
그나마 제일 적극적으로 추진한 사람은 아버지였다. 엄마와 나는
중도적인 입장이었지만 엄마의 속내도 할머니의 편일 가능성이
컸다.

"저도 압니다, 어머니 마음…."

"아는 사람이 그렇게 행동을 해? 아비는 몰라, 내 마음을!"

"저도 큰아버지가 마냥 반갑기만 했겠어요? 하지만 죽을 고생
을 하고 내려오신 양반을 어쩌겠어요. 또 아버지가 돌아가시기
전부터 이미 다 알고 있었던 일이었잖아요."

"너희 아버지는 말도 꺼내지 마라. 생각만 해도 지긋지긋하다.
젊었을 적에는 여편네, 새끼 다 내동댕이치고 제 하고 싶은 대로
살다가, 늘그막에 북에 살아있다는 형 소식에 기겁해서 돈을 쏟

아 부은 인사 같으니라고."

간혹 할머니 방에서 들리던 모자의 대화는 이렇게 옥신각신했다.

"그 양반한테 행여 쓸데없는 소린 하지 마라."

"제가 무슨 말을 하겠어요. 걱정하지 마세요. 아무 말도 안 할 테니까."

큰할아버지가 입국했다는 연락을 받았을 때 할머니와 아버지가 주고받은 말이었다. 엄마는 짐짓 모르는 척 말을 아꼈고 나도 딴청을 피웠다. 할머니가 아버지를 단속하지 않았다면 엄마가 나섰을까? 엄마가 나서지 않았다면 내가 나설 일이었을까? 설마 내가? 그럴 일은 없었겠지만, 천에 하나 만에 하나라도 내가 이러쿵저러쿵했다면 아버지는 단 한마디로 나를 제압했을 것이다. "너는 네 일이나 똑바로 해!"라며….

내가 삼류대학에 입학한 것에 대한 엄마의 낙담은 아버지를 향한 원망으로 이어졌고, 아버지는 그 불만의 화살을 고스란히 나에게 돌리곤 했다.

"아우한테서 얘기는 들었습네까, 제수씨?"

조금 전까지 '꺼이꺼이' 소 울음을 뱉어내던 큰할아버지가 아니었다. 말짱한 얼굴에 목소리는 결연하기까지 했다.

"뭔 얘기요? 무슨 말씀인지 저는 도통 모르겠는데요."

할머니도 똬리를 풀고는 큰할아버지에게 바짝 다가갔다. 전의를 다지는 군인의 모습 같았다. 엄마는 주방으로 달려가서 냉수를 재빨리 대령해 할머니 옆에 놓았다. 앞에 나서서 참견은 안 했지만, 할머니의 편이라는 걸 드러내는 행동이었다. 할머니도 지원군이 가져다준 냉수를 벌컥벌컥 들이켰다.

"너래 술 한 잔 따라봐."

큰할아버지도 지기 싫다는 듯이 술잔을 소리 나게 탁, 놓으며 위엄을 내세웠다. 아버지가 무릎걸음으로 다가가 술병을 쥐려 하자 엄마가 아버지의 종아리를 꼬집었다. 아버지는 차마 아프다고 하지 못하고 주춤거리다가 도로 주저앉았다. 아버지는 은근슬쩍 내게 눈짓을 보냈다. 나에게 큰할아버지 술잔을 채우라는 지시였다. 참 곤란한 상황이었다.

진심으로 이 자리를 피하지 않은 것이 후회됐다. 큰할아버지에게 술을 따르자니 할머니와 엄마를 배신해야 하고 모른 척하자니 아버지의 따가운 눈총에서 벗어날 수 없었다. 이래저래 똥 마려운 강아지 꼬락서니로 눈을 질끈 감을 수밖에 없었다.

'쪼르르' 하는 소리가 들렸다. 눈을 떴다. 순임이 다소곳이 앉아 두 손으로 큰할아버지 잔에 술을 따르고 있었다. 큰할아버지의 수족같이 행동했다. 하긴 편이 극명하게 갈리는 지금 상황에서는 두 사람이 똘똘 뭉칠 수밖에 없었다.

못찾겠다 찌꼬리

큰할아버지는 순임이 따라 준 술을 한 번에 들이키더니 길게 트림했다. 나는 할머니의 이맛살이 확 구겨지는 걸 지켜봤다.

"내 아우가 암말도 안 했다 그기래요. 내래 따로 생각한 거이 있습네다만."

큰할아버지는 자신의 가슴팍을 손바닥으로 탁탁 두들겼다. 왜소한 체구에 비해 기형적일 만큼 큰손이었다. 울퉁불퉁한 손마디며 시꺼멓게 된 손톱은 사람의 손이라기보다 짐승의 발 같았다. 큰할아버지의 힘들었던 삶이 고스란히 보이는 손이었다. 뜬금없이 가슴 끝이 싸해졌다. 할아버지가 살아 있다면 눈물겹게 마주 잡았을 형의 손이었다.

내가 이런 감상에 휩싸이고 있을 동안 나머지 세 식구는 바짝 긴장한 얼굴로 큰할아버지를 주목했다. 큰할아버지가 의미심장하게 내뱉은 '따로 생각한 것'이 뭘까? 궁금했지만 누구도 섣불리 그 말에 의문을 제기하지 않았다.

"좋습네. 제수씨, 그 문제는 나중에 얘기해보도록 합세다. 그나저나 재홍아 너래 시간 좀 내란. 큰할아비와 잠깐 다녀올 데가 있다."

큰할아버지는 할머니를 완전히 무시하고는 난데없이 나를 지목했다. 술잔을 따르라는 것과는 차원이 다른 지시였다. 할머니 얼굴은 금세 흙빛이 되었다. 우리 집에서 할머니를 그렇게 대우한다는 것은 상상도 할 수 없는 일이었다. 내가 할머니와 엄마의 눈치를 보느라고 대답하기도 전에 큰할아버지는 아버지에게 허락을 구했다. 김포 고향 집에 가보고 싶은데, 재홍이가 동행했으면 좋겠다고 했다.

육십육 년 만에 돌아온 남한 땅. 큰할아버지는 낯선 것은 둘째 치고, 김포까지 가는 차편과 길도 모르는 게 당연했다. 난처하긴 아버지도 마찬가지일 것이다. 하지만 아버지 입장에서 거절할 수도 없는 일이었다. 아버지는 자기가 모셔야 하는데 죄송하다는 말까지 덧붙였다. 갑자기 급습을 당한 할머니는 분을 참지 못한 얼굴로 숨을 골랐다. 큰할아버지는 아버지와 나를 당신 범주로 끌어들여서 깔끔하게 상황을 끝낸 셈이었다.

3
내사 마 소싯적에

　　　　　큰할아버지와 순임이 돌아갔지만, 할머니의 화는 식지 않았다. 젊은 시절 그 윗대로부터 수모와 팔시를 받은 것을 제외하면 할머니는 그 누구에게도 공격을 받지 않았다. 최씨 집안에서 할머니의 위상은 확고했었다. 할머니가 집안을 지켜온 가장이라는 것에 누구도 이의를 제기할 수 없었고 할아버지도 인정한 사실이었다. 이것은 할머니가 살아온 삶의 결과이기도 했다.

　'내사 마 소싯적에'로 시작하는 할머니의 지나온 생은 귀에 못이 박히도록 들어온 레퍼토리였다. 어느 집안에나 역사는 있다.

하늘에서 뚝 떨어졌거나 땅에서 갑자기 솟아난 사람이 아닌 다음에는…. 그런데도 우리 세대는 그런 집안 내력과 역사에 관심도 없고 흥미도 없다. 하지만 나는 예외였다. 조부모와 한집에 살면서 유년시절을 보내온 탓에 어쩔 수 없었다.

어릴 적에는 할머니의 소싯적 얘기를 옛날이야기처럼 듣기도 했고 조금 커서는 할머니가 찔러주는 용돈 맛에 주구장창 이어지는 레퍼토리를 들을 수밖에 없었다. 할머니는 자신의 과거 이야기를 항상 처음 말하는 것처럼 말하기 때문에 한 번씩 통제하지 않으면 날밤을 새워도 모자랄 때가 많았다. 가끔은 옆길로 새서 삼천포로 빠지는 걸 막아야 했다. 때로는 할머니 마음이 상하지 않는 범위 내에서 '패스'를 하는 것도 잊지 말아야 했다. 그런 모든 과정을 거치는 동안 할머니의 인생은 이제 내 입에서도 줄줄 풀어낼 수 있을 정도가 됐다.

할머니는 경상남도 김해에서 태어나고 자랐다. 할머니 말에 의하면 '경상도 가시내가 경기도 김포 머스마인 우리 할아버지를 만나게 된 것은 6·25 전쟁 때문'이었다. 전쟁 때문에 김해로 할아버지 가족이 피난을 오게 된 것이었다. 피난민이 부산까지 밀려와 인산인해를 이룬 1.4 후퇴 때였다. 부산이 그 지경이니 할머니 고향인 김해도 피난민으로 북새통을 이뤘다고 했다.

할머니는 할아버지를 보자 첫눈에 반해 버렸다. 할아버지는 훤

칠한 키에 이목구비가 반듯반듯한 외모였다. 그러고 보면 큰할아버지와 할아버지는 외모로는 딴판인 셈이었다. 생전에 할아버지도 근배(아버지)가 자기보다는 형을 빼다 박았다고 했다.

할아버지 가족이 피난을 와서 할머니 친정집 행랑채에 신세를 졌다고 한다. 그때도 할아버지는 형 얘기만 했다. 전쟁 통에 형이 군인으로 끌려가다시피 했다고. 우애가 좋았던 형제였다. 할머니 눈에는 형을 생각하는 할아버지의 모습이 좋아 보였다. 시골 촌구석에서 변변한 남자를 본 적이 없어 할아버지에게 반한 것일지도 모르겠다.

"남자와 여자는 종이와 먹 인기라. 얇은 한지에 금방 스며드는 먹. 지금 생각하면 참 겁대가리 없는 머스마와 가시내였지. 서로 맘이 있는 줄은 알았지만, 그렇게 순식간에 몸이 자석처럼 딱 붙어 버린 게 말이다. 고마, 내 인생에서 처음이자 마지막 경험이 아니었나 싶다. 그 이전에도 그 이후에도 그렇게 뜨겁고 간절했던 적은 없었으니까."

그 얘기를 할 때 할머니 얼굴은 붉어졌다. 연애는 청춘의 전유물만이 아닌 것이 분명했다. 팔십 넘은 할머니의 달달한 연애담이 쉽사리 이해되지는 않았지만, 잠자코 들었다. 그 일이 있었던 후 할아버지는 입을 싹 씻어버렸단다.

"우씨, 남자가 대빵 너무했네."

내가 그렇게 맞장구를 쳐주면 할머니는 은근 좋아했다. 사실 그 말은 전 여자친구인 혜정이가 나한테 한 말이었다. 그 할아버지에 그 손자인 걸까.

할아버지를 향한 할머니의 마음이 점점 더 애틋해졌을 즈음에 서울이 재탈환되었다는 소식이 전해졌다.

"내 속이 얼마나 탔는지 몰라. 야밤에 뒤란에서 저지른 불장난을 누구한테 하소연하겠나. 벙어리 냉가슴 앓듯 하면서도 느그 할아비한테 뻗치는 내 마음은 또 어쩔 수 없었고마."

행랑살이하던 할아버지 가족은 서울로 올라갈 준비를 했다. 열아홉 살의 할머니는 기가 막혔다. 생각다 못한 할머니는 달빛도 없는 깜깜한 밤에 할아버지를 조용히 불렀다.

"내캉 우찌 해야 합니꺼?"

"뭘요?"

"나랑 그 짝이랑 한 일은 우찌할 깁니꺼?"

"그러니까, 지금 나한테 책임을 져라?"

할아버지 목소리가 넓지도 않은 뜰에 우렁우렁 울렸다.

"그쪽이 나를 정 못 잊겠으면 여기로 찾아오든지. 우리 집 주소요. 동네 와서 최수복을 찾아요."

할아버지는 무슨 큰 선심이라도 쓰듯 종이쪽지를 할머니 손에 쥐어 주었다. 구름 사이로 겨우 반 토막을 내민 달빛을 받은 할아버지의 긴 그림자가 너무 처연하게 보여서 할머니는 눈물이 왈칵 쏟아졌다고 했다.

할아버지도 기회만 엿보았던 것이었다. 할머니는 어둠 속에서도 그 쪽지 귀퉁이가 해진 것을 느낄 수 있었다고 했다. 그걸 쓴 후에 얼마나 주머니 속에 넣고 다녔으면 이리되었을까 하는 마음이 할머니에게 고스란히 전해졌다.

행랑채 식구들이 떠났지만 심상치 않은 전쟁 비보가 날마다 들려왔다. 그런 와중에 할머니는 부모님에게 쪽지에 적힌 주소 하나만 들고 먼 길을 가겠다는 말을 차마 할 수 없었다. 그런데 문제는 거기서 끝나지 않았다. 할머니 몸에 아이가 들어섰다는 신호가 온 것이다. 할머니는 눈을 질끈 감고 부모님에게 이실직고했다. 설마 생명을 품은 딸을 패 죽이기야 하겠나 하는 배짱을 부려본 것이다. 부친은 한숨을 내쉬며 담배만 뻐끔거렸고, 모친은 맨땅에 주저앉아 대성통곡하는 것으로 일단락 지어졌다고 한다.

주소가 적힌 쪽지 하나를 달랑 들고 찾아가기에는 먼 길이었다. 할머니는 할아버지가 자기를 모른다면 어쩌나 하는 걱정과 할머니를 기억하긴 하지만 할아버지가 자기 자식이 아니라고 발뺌하면 어쩌나 하는 걱정으로 그곳을 찾아갔다. 그날로 할머니는 최씨 집안사람이 되었다.

최씨 집안사람은 되었지만, 할머니는 사람이 아니었다. 시집 어른들에게 품행이 칠칠치 못한 여자로 낙인찍히고 말았다. 말이 좋아 최씨 집안 며느리였지 품삯 안 주는 종이었다. 할아버지는 할머니를 보자마자 '쌩까고' 싶은 심정이었나 보다. 주소 쪽지를 적어 줄 때 마음하고는 다른 낯빛이었다고 했다. 할머니가 찾아 왔을 때 동네에 어느 처녀하고 한참 정분이 나 있었다는 것을 나중에 알았다고 했다. 그런데 할머니가 임신까지 해서 나타났으니 할아버지도 미칠 노릇이었을 것이다.

할아버지와는 달리 시부모 되는 분들은 겉으로는 모르겠지만 속으로든 쌍수를 들고 환영했다. 하지만 다 속셈이 있었다. 돈 한 푼도 주지 않아도 되는 일꾼이 제 발로 걸어 왔는데 싫어할 이유가 없었던 것이었다. 할머니는 몸과 마음이 너무 힘든 탓에 유산이 되고 말았다. 그 뒤 할머니 몸에 아이가 쉽게 들어서지 않았다. 아버지가 들어선 것은 그로부터 십여 년이 지난 후였다. 그 세월 동안 시부모의 구박은 말도 못했다.

물 한 그릇 놓고 혼례를 치른 다음 날부터 마치 기다렸다는 듯 할머니에게 일거리가 밀려들었다. 땅을 갖고 있었지만 살림이 워낙 궁핍해서 일꾼을 써볼 엄두가 나지 않는 집이었다. 시절이 어려워서 그까짓 땅으로는 행세 못 하던 때였다. 집안의 큰 일꾼이었던 큰할아버지는 군대 간 후에 영영 소식도 없었다. 온 식구가 마음을 졸이던 차에 아니나 다를까 올 것이 오고 말았다.

'최수만 사망'이라는 전사자 통지로 집안은 난리였다. 그 바람에 할머니만 모진 시집살이를 해야 했다. 할아버지도 걸핏하면 억울하게 전사한 자기 형님 생각으로 술타령만 했고 십 년을 훌쩍 넘겨서 본 아들도 안중에 없었다. 아버지만 아니었다면 할머니는 최씨 집안과 연을 끊었을지도 모르겠다.

게다가 그즈음 할아버지는 한눈도 팔았다. 동네 과부 한 명과 눈이 맞았다. 그 과부는 동네에서도 소문난 미인이었다. 할머니는 자기는 농사짓고 막일하기에 좋은 몸이지 남자가 꼬이기는 영 아니었다고 씁쓸해했다. 아버지를 낳고 자식이 더 생기지 않았던 이유는 할아버지가 할머니를 소 닭 보듯 했던 탓이었다.

할머니의 시부모는 피어보지도 못하고 죽은 맏아들로 인해 지병을 얻었고 할머니는 그 수발까지 들어야 했다. 그러던 중에 팔십 년대 초반 인민군 공군이 미그기를 몰고 북한 한계선을 넘어 귀순한 사건이 터졌다. 그때 아버지도 고등학생이었다고 하니, 까마득한 옛날이야기였다.

뉴스에서 나오는 사람 인터뷰 중에 '국군포로'라는 말이 언급되었다. 아오지 탄광에서 고생하는 그들은 한국전쟁 때 남하하지 못하고 북으로 끌려간 한국전쟁 군인이었다. 큰할아버지와 똑같은 처지의 청년들이 북한에서 살고 있다는 말은 식구들에게 기뿐 소식이었다. 할머니의 시부모와 남편인 할아버지는 백방으로 알아보기 시작했다. 실낱같은 희망이 생긴 것이다. 만아들이자 형님인 최수만이 살아만 있다면 뭐든 할 것 같았다.

그 이후로 집안은 온통 큰할아버지의 생존 여부에 따라 희비가 엇갈렸다. 오랜 시간과 돈을 들인 후 큰할아버지가 북한에 살아있다는 정보를 얻었다. 할머니의 시부모는 그 일에 나머지 인생을 바쳤다. 할머니는 부모 맘은 다 같은 거니까 이해한다고 했다.

그런데 문제는 할아버지였다. 시부모가 저세상으로 떠나자 이제는 할아버지가 형 때문에 사는 사람 같았다. 그런 남편을 믿을 수가 없어서 할머니는 더 억척스러워질 수밖에 없었다. 하긴 전적으로 할아버지 탓만은 할 수 없는 일이었다. 일 년 간격으로 세상을 등진 시부모의 유언이 할아버지를 그렇게 만들었는지도 몰랐다.

임종을 지키는 둘째 아들과 며느리를 앉혀놓고 형을 꼭 찾으라는 것이 두 분의 유언이었다. 할아버지는 할머니와 자식들에 대해서는 관심도, 책임감도 없었다. 북녘땅에 연결될 수 있는 끄나풀만 있으면 천리 길도 마다치 않았고, 돈이 얼마가 들어도 상관없어했다.

할머니가 혼자서는 더 이상 농사를 못 짓겠다고 으름장을 놔버

못찾겠다
꾀꼬리

린 적이 있었다. 그랬더니 할아버지가 한술 더 떴다. 농사짓는 땅이 다 우리 것인 줄 아느냐고 소리를 질렀다. 할머니가 김포에 와서 몇 년 지냈을 때인데, 나라에서 시아버지 명의로 된 땅을 내주었다. 일제강점기 때 몰수당했던 땅을 되찾은 것이라고 했다. 그때 할머니는 그게 무슨 땅인지 몰랐다. 그동안 고생은 했어도 농사지을 땅이 늘어난 것만으로 할머니는 먹지 않아도 배가 불렀다.

그런데 그 땅이 우리 것이 아니라는 것이다. 허리가 기억자가 되도록 남의 땅에 뼛골 빠지게 농사지었다는 게 말이 되는가. 할머니는 기가 막혀서 멍하니 서 있다가 무슨 말이냐며 할아버지의 멱살을 잡아당겼다. 할아버지가 먼 산을 보면서 한 말이 더 기막혔다. 잠시 맡고 있는 땅인 줄 알고 있으라며 언제라도 임자가 오면 바로 내줘야 할 땅이라고. 할머니는 천지가 노랗고 땅이 움푹 꺼지는 것 같았다.

그날부터 할머니는 손 하나 까딱하기 싫었다고 했다. 할머니는 그동안 일한 게 다 허사였다는 생각만 들었다. 그나마 땅뙈기라도 있는 시집이라고 생각해서 죽으라면 죽는시늉까지 하고 살았다. 남편이 자신을 나 몰라라 해도 아들한테 물려줄 땅이라도 있다는 생각으로 모든 것을 참았었는데, 이제 그 희망마저 사라진 것이다.

할머니는 밭이고 논이고 전부 팔라고 내놔 버렸다. 늘 술독에

빠져 있던 할아버지가 땅을 내놨다는 소리를 듣더니 시퍼런 낫을 들고 할머니에게 덤볐다. 할머니 마음은 참담하다 못해 독이 올라와서 할아버지한테 죽기 살기로 대들었다.

"말이나 속 시원히 들어봅시다. 이게 우리 땅이 아니라 카면 대체 누구 땅인교?"

"그걸 지금 몰라서 묻는 거야?"

"내는 모르겠심더. 임자 있는 땅을 입때껏 소작해온 땅인기라요?"

"땅임자 따로 있다. 임자가 나타나서 느들 수고했다면서 얼마간 사례하면 고맙습니다 하고 받으면 되는 것이다, 우리는."

할아버지는 땅 주인을 끝내 밝히지 않았다. 그러나 할머니도 내심 짐작하는 바가 있었다. 그 후로는 할머니는 할아버지와 더 이상의 덧정도 없었다고 했다.

큰할아버지가 돌아간 후부터 할머니는 세 식구에게 돌아가면서 익히 아는 그 과거사를 연거푸 말했다. 가위를 찾으러 할머니 방에 갔다가 나도 그만 발목이 잡히고 말았다.

"재홍아, 나는 더 이상은 못한다. 아니, 안 한다. 최씨 집안에서 이만큼 했으면 됐다. 그 양반 억울한 심정인 거 나도 안다. 최씨 집구석에 평생 살면서 귀에 못이 박히도록 들어왔다. 다 맞는 말이다. 스무 살 청춘에 전쟁터에 끌려가서 가족에게 생사도 알리지 못한 채 북으로 넘어간 거며, 거기서 어떤 고초를 겪었을지 뻔하다.

그러나 이쪽 식구들이 결코 편하게 산 거 아니다. 느그 할아비는 잠자다가도 가위에 눌려 깼고, 테레비에서 6·25 얘기만 나오면 그 큰 덩치에 아이처럼 엉엉 울었다. 나까지 죄인인 양 살았다. 다 늦게 맏아들 소식을 들은 시부모는 돌아가시기 직전까지도 내가 분풀이 대상이었다. 당신네 맏아들은 북녘땅에서 수십 년을 고생해왔는데, 엄한 남의 집 딸이 평생 등 따시고 배부르게 호강한다고.

내가 시집 왔을 때 그 양반은 우리에게 죽은 사람이었다. 근디 내가 왜 다 늙어서까지 그 양반 업보를 짊어져야 하는 거냐. 너도 알다시피 느그 할아비는 평생 형을 위해 노력했다. 자기 형을 북녘땅에서 데려오기 위해서 돈도 엄청시리 없앴다. 그 돈이 다 어디서 나왔겠냐. 내가 허리가 휘도록 일한 돈이었다. 느그 할아비는 즈그 형 때문에 가족도 내팽개친 사람이었다.

그 어른은 어떤 것도 주장하면 안 된다. 육십육 년이 흐른 일이다. 그 어른이 무슨 얘기를 듣고 군대에 가셨는지, 중국에서 느그 할아비랑 어떤 말이 오고 갔는지, 재홍이 너를 대동해서 왜 김포에 가려고 하는지, 내 알 바 아니다.

나는 여그까지만 할란다. 느그 아비, 그 어리석은 사람이 그래도 핏줄이 땅기는지 할아비 제사에 그 양반을 집으로 모셔왔지만, 솔직히 나는 그것도 싫었단다. 그러나 그 정도는 내가 한발 양보했잖냐. 뭐 나보고 말이 안 통한다고? 내가 당신 때문에 당신 부모한테 얼마나 시집살이를 했는데. 최씨 자손이 이만큼 먹고 사는 게 다 누구 덕인데. 아니, 그리고 재홍이 네가 당신 손자냐? 어딜 데리고 간다는 거냐. 정말 웃기고 있다. 더 이상은 싫다. 난 딱 여기까지만 할란다."

한 집안을 수십 년 이끌어온 가장의 단호한 선언이었다. 나는 큰할아버지가 언급했던 '따로 생각한 거'라는 말이 떠올랐다. 할머니도 그 말이 가장 걸렸던 걸까. 그 말은 내 호기심을 와락 자극했다. 뭐가 뭔지는 몰라도 뭔가 있다. 어쩌면 나도 이미 알고 있지만 그게 그것인지조차 인지하지 못하는지도 모르겠다.

내가 막 몸을 일으키며 나오려고 하자 할머니는 나에게 비장한 목소리로 말했다. 내가 가지 않으면 좋겠지만, 다른 말은 일절 삼가라고.

"거기 세입자 대표한테 따로 전화는 하겠지마는, 하긴 별일이야 있겠냐."

할머니는 떨떠름한 표정으로 혀를 찼다. 나는 조용히 방문을 닫고 나왔다. 부엌 쪽으로 황급히 걸어가는 발소리가 들렸다. 엄마다. 엄마는 조금 전까지도 할머니 방문 앞에 딱 붙어서 엿듣고 있었던 게 분명했다. 할머니가 나한테 원하는 것은 무엇일까. 이번 일요일에 약속한 큰할아버지와의 김포행, 핑계를 대고 가지 말아야 하는 걸까. 내 선택만이 남아 있다. 선택의 연속이 인생이라니. 내가 어떤 선택을 하든지 누구라도 나에게 최고의 선택이었다고 말해줬으면 좋겠다.

4

나, 썸타나?

집 전화벨이 울렸다. 집에는 아무
도 없었다. 학교에서 일찍 온 탓에 공교롭게도 내가 받았다. 전화
건 상대방은 대뜸 순임의 집이냐고 물었다. 하이톤 음성의 여자
였다. 곧이어 여자는 자신이 순임의 담임이라고 했다.

"하, 네!"

무방비 상태에서 급소라도 찔린 듯 내 입에서는 짧은 탄식이 흘
러나왔다. '선생'이라는 말의 보편적인 정서와 뿌리 깊은 관습을
체험한 우리는 그 존재에서 벗어날 수 없었다. 가까이하기엔 뭔
가 꺼림칙하고 무조건 멀리한다고 능사가 아닌 '선생'. 그 앞에 서

면 어깨를 웅송그리며 공손해져야 한다는 강박관념이 있다.

"선생님, 안녕하세요."

그쪽에서 무슨 말을 하기도 전에 나는 급히 공손한 말투로 돌변했다. 그 순간에도 여러 가지 생각이 어지럽게 교차했다. 순임의 담임이 왜 우리 집에 전화한 걸까부터 시작해서 담임이 직접 전화를 할 정도면 썩 반길 일은 아니라는 점까지.

할아버지 기일이었던 날, 큰할아버지와 순임은 비교적 조용히 돌아갔다. 내가 굳이 '비교적'이라는 단어를 '조용히' 앞에 갖다 붙이는 이유는 그날의 분위가 꽤 아슬아슬했던 탓이었다. 언제 터질지 모르는 시한폭탄을 두 사람이 이리 던지고 저리 던지는 상황이 연출되었다. 두 사람 중 한 명이 카운트다운을 세는 빌미만 제공하면 다른 한 명은 작정한 듯 강도 높은 폭발물을 잽싸게 던지고 말 기세였다.

그 두 사람은 말할 것도 없이 큰할아버지와 할머니였다. 할머니 편에는 아버지와 엄마가 힘을 실어주고 있었다. 하긴 아버지는 중간 입장에서 애매모호한 태도를 고수했지만 말이다. 큰할아버지가 나에게 김포 동행 요구를 한 것을 아버지가 받아들인 것이 화근이기도 했다. 큰할아버지는 일방적으로 나에게 이번 일요일에 김포에 가자고 통보했다. 그 일로 인해 엄마는 아버지에게 단단히 삐쳤다.

편 가르기로 보자면 나도 할머니 줄에 서야 마땅하다. 하지만 나는 본래 이익이 없으면 불편을 감수하는 일에 적극적이지 않다. 그 본질에 따라서 한 발짝, 아니 서너 발자국은 뚝 떨어져 있기로 했다.

할머니의 촉수가 미온적인 태도를 보이는 아버지에게 뻗쳤고 나에게 직접적인 질타를 하지 않은 게 다행이라면 다행이었다. 아버지와 나에 비하면 엄마는 할머니 편을 드는 데는 매우 적극적이었다.

일반적으로 시어머니와 며느리는 날카로운 신경전을 펼치는 사이다. 우리 집도 예외일 수 없었다. 다만 세월이 흐르면서 서로에게 기대했던 것을 포기하며 관계가 조금은 완화된 할머니와 엄마였다. 그러다가도 때에 따라 서로 파랗게 날을 세워 중간에 낀 아버지를 곤혹스럽게 하는 지극히 보편적인 고부였다. 그런데 그날 할머니와 엄마는 모녀지간이라고 해도 손색이 없을 만큼 손발이 척척 맞았다. 할머니가 큰할아버지로부터 자신의 권위를 지키고 위상을 세우고자 안간힘을 쓰는 내면에는 엄마의 이점도 적잖게 작용하고 있다는 것은 기정사실이었으니까.

이렇게 우리 측이 각자의 성격이나 이익에 따라 태도가 갈리는 반면 큰할아버지 편은 일란성 쌍생아처럼 단일화된 모습을 유지했다. 물론 달랑 두 명이라는 소수 인원의 강점이 작용한 것이겠지만 말이다. 순임은 전적으로 큰할아버지 편이었다. 소극적으로는 큰할아버지의 컬컬한 목을 위해 연방 술을 따랐고, 적극적으로는 큰할아버지의 말에 고개를 주억거리며 동조했다.

그에 비하면 아버지는 할머니에게 완전히 적군이었다. 할머니 말을 제지하는 발언까지 했다. "아유, 어머니 이 좋은 날 왜 그러세요. 큰아버지 말씀도 좀 들어봐야 하잖아요." 등의 말을…. 거기서 한 발짝 더 나아가 큰할아버지의 김포행에 아들인 나의 동행을 너무 쉽게 허락까지 해버렸다.

그날의 결과는 무승부였다. 기약은 없었지만, 연장전이 곧 펼쳐질 것이라는 예고를 하고 끝낸 싱거운 경기였다. 제대로 싸워보지도 않고 서로 탐색만 하다가 흐지부지 끝낸 후 각자의 홈그라운드로 가버린 셈이었다. 할머니는 거의 몰패를 당하고 인사조차 하는 둥 마는 둥 하고 방으로 들어가자마자 아버지가 순임에 관해 물었다.

"저 에미나이는 손녀여."

큰할아버지는 더 이상의 질문을 받지 않겠다는 투로 손사래를 쳤다. 아버지는 자신이 순임에게는 삼촌뻘이 된다면서 순임의 나이를 물었다. 스무 살이라고 했다. 나와 동갑이었다. 그 순간 나는 혜정이가 나보다 두 살 위였던 탓에 남자인 내가 여러모로 꿀렸던 몇 가지 삽화를 떠올렸다.

"그럼 학교는?"

엄마가 마땅치 않은 표정으로 눈을 흘기는데도 불구하고 아버지는 친절한 목소리로 계속 물어댔다. 서울 외곽에 있는 대안학교에서 중학교 과정을 이수하기로 했단다.

"왜? 일반 학교는 못 들어가나?"

이번에는 엄마가 꼬투리를 잡았다. 큰할아버지를 상대하기 어려우니까 순임을 붙들고 늘어지려는 꼼수가 느껴졌다.

"이 사람은 참. 순임이 곤란하게 그런 질문을 하고 그래. 어디 일반 학교에 적응하기가 쉽겠어?"

"교육 환경도 많이 다를 거고 학습 진도도 맞추기 어려울 테고. 탈북자들을 위한 대안 학교가 있다는 얘기는 나도 들었어."

내가 아는 척을 하며 순임이 편을 들었다. 엄마의 눈이 가로로 찢어지고 있었지만, 내 눈은 순임에게로 향하고 있었다.

"저그 북에서는 거의 학교 다니는 애들이 없지비. 학교 같은 거 없어진 거나 다름없구먼. 배워서 뭐하것어, 써먹을 데도 없는디. 북한은 장마당이 제일이지비."

큰할아버지가 우리 대화를 가로막았다. 그제야 순임이 더듬거리며 입을 열었다. 먹고 사는 것 자체가 힘든 북한체제에서 학교는 무너진 지 오래되었다고 했다. 선생님도 교과서도 공부하러 오는 학생도 없단다. 그 말을 하는 순임의 얼굴이 곤혹스러움으로 일그러졌다.

큰할아버지는 몸을 일으켰다. 술이 조금 과했는지 비틀거렸지만 이상하게 꼿꼿해 보였다. 순임이 잽싸게 큰할아버지를 부축했다. 두 사람은 한 편이었다. 일순간 내 마음 한편이 얄궂게 시려왔다. 이상했다. 그런데 가만 생각해 보니 마음이 움푹 패 허전했던 것은 정확히 그때가 아니었다. 큰할아버지가 툭 던진 말을 들었을 때였다.

'손녀여.' 큰할아버지가 순임을 지칭했던 말이었다. 그 단어가 내 머리를 퍽 때렸고 내 마음에 찬바람이 쌩쌩 불게 했다. 순임이 큰할아버지의 손녀라면? 잠시 얼얼했던 머리가 느릿느릿 제 기능을 회복하면서 촌수를 헤아리기 시작했다. '사촌인가?' 머리를 가로저었다. '그러면 오촌?' 머리를 갸우뚱했다. '육촌일지도 몰라.' 오촌이고 육촌이 중요한 게 아니다. 결국, 순임과 나는 남남이 아니었다. 우리가 연인 사이로 발전할 가능성은 제로였다. 생각이 왜 그런 방향으로 흘러갔는지, 나는 스스로에게 놀라고 있었다. 나는 순임을 보는 순간 딴마음을 먹었던 것이다.

내가 얼마나 머리를 세차게 내저었는지 옆에 있던 엄마가 내 어깨를 힘껏 때렸다. 마음속으로 부정했던 것이 지나쳐 행동으로 나온 것이다. '덜떨어진 녀석 같으니라고.' 엄마의 눈빛이 그렇게 말하고 있었다.

나는 그날 순임이를 깨끗이 잊었다. 아니, 잊어야만 했다. 그녀가 여자라는 사실 조차도…. 그리고 육촌 누이라는 틀림없는 사실을 기억해야 했다. 그래서 웬만큼 잊어갔다. 잊는 과정에서 헤어진 혜정에게 술 먹고 전화를 걸기도 했다. 다른 때 같았으면 전 여자친구에게 전화를 건 지난밤을 떠올리는 것 자체만으로도 미처버렸을 것이다. 그런데 '이미 그런 걸 어째.' 하고 금세 심드렁해진 것도 참 이상했다.

하도 이상해서 친구에게 말했다. 다분히 장난기가 어린 말투로 물었지만 난 매우 진지했다.

"너 딴 여자 생겼냐? 이제 막 썸타는 중이냐?"

친구는 제법 예리한 눈빛으로 물었다. 이런 귀신같은 자식이 있나. 나는 엉겁결에 너 어떻게 알았느냐고 물을 뻔했다. 다음 단계는 녀석이 그 여자가 누구냐고 빚쟁이처럼 독촉할 게 뻔했다. 하지만 마음에 꽂힌 여자가 육촌 누이라는 말을 어떻게 할 수 있겠는가.

"썸 같은 소리 하고 자빠졌네. 혜정이랑 헤어진 지 얼마나 되었다고 여자는 무슨. 내가 요즘 스트레스 만땅이다. 어쨌든 내가 혜정이 잊은 거는 맞지?"

"야! 여자는 가면 또 오는 거다. 연애는 청춘의 필요충분조건이고. 어쨌든 시끄럽고 그냥 불래, 맞고 불래?"

친구 녀석이 참 끈질겼다. 그 자식 역시 여자친구 없이 지낸 시간이 꽤 되었고 이제 슬슬 심심해서 죽을 지경인 탓이었다. 하루 종일 학교 동아리실에서 빈둥거리다가 딱 베고 자면 좋을 듯한 두께의 전공 책으로 리포트를 쓰다 보면 새로울 것도 없는 일에 열을 올리기 마련이었다.

그런 판에 내가 던진 질문이 구미를 확 끌어당기기에 충분했을 것이다. 나는 화제를 다른 곳으로 얼른 돌렸다. 그 자식 올가미에 걸려들었다가는 순임 얘기를 털어놓을 것만 같아서였다. 털어놓는 게 겁나는 게 아니었다. 이루어질 수 없는 근친상간의 사랑? 이건 아침 드라마 소재로도 식상한 지 오래고 삼류소설로도 진부한 재료다. 그 자식이 이 사실을 알게 되면 나를 줄기차게 씹어댈 게 분명했다. 그러면 큼지막한 돌덩이를 가슴 깊은 곳에 올려놓은 심정으로 간신히 잊은 순임이 생각나서 마음이 어수선해질 것이 뻔했다.

나는 학교 건물 뒤에 우람하게 버티고 있는 미루나무 밑둥치를 발로 걸어찼다. 담배가 땡겼다. 끊어야지 하면서 못 끊고 있는 친구 녀석에게 담배를 달라고 할 수도 있었지만 참기로 했다. 그럴수록 그 큼지막한 돌덩어리가 들썩거렸다. 2학점짜리 교양 수업이 남아있긴 했지만 더 이상 수업을 듣기 싫었다. 나는 그냥 집에 와 버렸다.

어수선한 마음을 정리하려 집으로 왔는데, 난데없이 순임이 담임의 전화를 내가 받을 게 뭐람. 나는 경황이 없는 중에도 우리집에 전화를 걸게 된 경위를 물어야 했다. 순임의 보호자로 되어 있는 최수만, 즉 큰할아버지가 전화를 받지 않는다는 거였다.

"지금 전화를 받으시는 분은, 순임과 어떻게 되시나요?"

"오빱니다. 오촌, 아니 육촌 오빠요."

나도 모르게 오빠라는 말이 불쑥 튀어나왔다. 순임과 또래라고 하면 나를 어린애 취급할지 모른다고 생각해서였다.

"오빠도 혹시 탈북자… 인가요?"

담임은 헛기침을 해가면서 어렵게 말을 꺼냈다. 탈북자라는 말을 입에 담는 것이 큰 실례가 되기라도 하는 것처럼 조심스러웠다.

"아뇨, 저는 아니에요."

공연히 단호한 말투로 대답하는 나도 참 이상했다. 내 대답에 담임의 한숨소리가 얼핏 들리는 것 같았다. 내가 순임과 같은 탈북자가 아니라는 것이 적이 안심되는 숨소리인 걸까. 하긴 나한테도 아직 낯선 단어였다. 탈북자 혹은, 북한이탈주민. 그런데 그런 생소한 단어가 우리 집에 불쑥 찾아와 갑자기 가족으로 묶일 줄은 꿈에도 몰랐다. 할아버지가 늘 그 일에 촉각을 곤두세우며 평생을 살았는데도 나한테는 먼 나라 이야기였다.

인터넷과 매스컴에서 접하는 탈북자 이야기와 여러 가지 일화는 익히 보고 들어왔다. 그들이 생명의 위협을 무릅쓰고 탈북할 수밖에 없는 북한의 경제적 상황도 충분히 이해되었다. 그들이 한국에서 정착하기까지 겪어야 하는 수많은 고충과 그들을 바라보는 남한 사람들의 입장도 각각 이해되었다.

그런데 그런 문제가 막상 내 앞에 나타나자 이성은 사라졌다. 뭔가 불편하고 거북한 기분이 드는 것은 어쩔 수 없었다. 하지만 탈북자 학생들을 지도해 온 대안학교 교사는 조금 다르지 않겠냐는 생각이 들었다. 적어도 탈북자를 이해하는 데 나 같은 사람보다는 더 나은 사람이 아닐까.

내가 순임의 오빠라고 했어도 담임은 나에게 순임에 관한 말을 하기 꺼렸다. 집에 어른이 계시냐는 말을 재차 물었고 나는 단호하게 없다고 하면서 무슨 일 때문이냐고 채근했다. 그제야 담임은 조심스럽게 입을 열었다. 순임이 학교생활에 적응을 잘하지 못하고 있다고 했다. 스무 살 성인이 중학교 과정을 공부하는 게 쉬운 일은 아닐 것이다.

"공부를 못 따라가나요?"

"그거야 당연하죠."

"그래도 해보려는 노력은 하죠?"

순임을 옹호하려는 마음이 앞섰다. 순진하고 해맑은 순임의 얼굴이 떠올랐다.

"노력이라고요? 전혀요."

"물론 공부에 쉽게 흥미를 붙이기는 어렵겠죠. 하지만…"

"학교 자체를 다니고 싶어 하지 않아요. 수업도 줄곧 빼먹고 허락 없이 외출해서 들어오질 않아요. 외출하는 동안 누구를 만나서 무슨 일을 하고 다니는지에 대해서도 전혀 말을 하지 않아요. 상담해보면 숨이 막힌다고 하네요. 다른 학생들도 관리해야 하는 우리로서는 좀 벅차요. 게다가 마음잡고 열심히 해보려는 애들한테도 좋은 영향을 끼치는 것 같지도 않고요."

이건 또 무슨 말인 걸까. '당신이 무엇을 상상하든 상상 그 이상'이라는 말이 떠올랐다. 밖에 나가서 그녀가 하는 일은 뭘까. 담임한테도 터놓고 할 수 없는 말이라면 떳떳한 일은 아닐 것이 분명했다. 나는 그녀의 순진무구한 얼굴을 떠올리며 애써 그 어떤 상상도 하지 않으려고 안간힘을 썼다. 담임도 더 이상 다른 말은 하지 않았다. 순임이 무엇인가에 집착을 보인다고만 했다. 물론 그녀가 미성년자는 아니었지만 내가 혹시 술과 담배냐고 물었다.

"그런 것은 아니에요. 빨리 사회에 나가서 돈을 벌고 싶대요. 암튼 우리로서는 감당하기 힘든 학생이에요. 본인 의견도 그렇고 하니 저희로서는 자퇴 처리하는 수밖에 없습니다."

담임은 전화를 끊고 싶어 했다. 내가 무슨 말인가 물으려 하자

못찾겠다 꾀꼬리

가족이 붙들고 얘기를 해보는 가장 좋을 것 같다는 말로 끝을 맺었다. 전화가 끊어졌지만 내 머릿속은 뒤죽박죽이었다. 그녀를 당장 만나봐야겠지만 내일은 김포로 가기로 결정된 일요일이었다. 그녀가 동행한다면, 김포행도 명분이 설 텐데. 돌덩어리 아래 지그시 눌러 두었던 내 감정이 슬쩍 고개를 들었다. 하지만 나는 큰할아버지의 말을 되뇌었다. '내 손녀여.'

5

김포 집 감나무

나는 서둘러 큰할아버지와 약속 한 장소로 나갔다. 순임이 동행하지 않을까 하는 기대와 염려로 살짝 설레기까지 했다. 기대는 순임에 대한 내 마음이 때문이고 염려는 두말할 것도 없이 담임의 전화 때문이었다.

나는 큰할아버지에게 순임도 같이 가느냐고 물었다. 순임이 '그 날 봐서요.'라고 했단다. 밀당의 고수 만이 할 수 있는 대답이었 다. 심플하고 상큼했다. 제법이라는 생각도 들었다. 동서고금을 막론하고 예쁜 여자는 악녀라고 하는 말이 있지만, 북한에서까지 통용되는 줄은 몰랐다. 그녀를 순박하게만 생각했던 것은 크나 큰 착오였던 것일까.

역시 순임은 나오지 않았다. 그녀를 볼 수 있을지 모른다는 기대가 깨져서일까 공연히 심술이 났다. '너 그렇게만 해 봐. 담임한테 전화 온 거 큰할아버지한테 모조리 일러버릴 테니까.' 나는 속으로 이렇게 말했다. 약이 올라서 진짜로 그러고 싶은 마음이 굴뚝같았지만 유치해지고 싶지 않아 관두기로 했다. 두리번거리다가 큰할아버지에게 확인하고 말았다.

"순임이는요?"

"순임이?"

"네, 순임이도 간다고 했잖아요."

"그 에미나이가 언제 가겠다고 했나? 생각해 본다고 했지비."

"아니면 말고요. 지하철 타고 갈까요?"

나는 허둥거리며 재빨리 말머리를 돌렸다. 김포는 대중교통을 이용하면 족히 하루는 걸리는 거리였다. 큰할아버지의 고향이기도 하지만 내 고향이기도 한 곳이다. 그뿐만 아니라 그곳은 아직도 우리 집이었다. 아무튼 큰할아버지가 굳이 찾아가려면 못 갈 곳도 아니다. 나와 동행하려는 이유는 다른 데 있는 게 아닐까.

지하철로 가자는 내 말에 큰할아버지는 낯빛이 변하면서 손사래를 쳤다. 어둡고 컴컴한 공간에 대한 공포증이 있다고 했다. 별수 없이 스마트폰으로 버스노선을 알아봤다. 세 시간 남짓이나 소요되었다. 길이 막히면 네 시간이 걸릴 수도 있었다. 수락터미널 정류장으로 가서 공항버스를 탔다. 그때 이미 나는 짐작했었다. 내가 큰할아버지의 삶에 대해 많은 부분을 알게 될 것이라고.

내 나이에 거의 네 배에 가까운 세월을 살아온 노인이 한 번 얘기를 시작하면 자서전 한 권은 넉넉히 뽑아낼 수 있다는 것을 충분히 감안했다. 귓결로 듣고 머릿속에 입력시키지 않을 수도 있었다. 아니, 저장시켰더라도 깨끗이 포맷해버릴 수도 있었다. 하지만 그 이야기 속에 큰할아버지가 언급했던 '따로 생각한 것'이 녹아 있을 거라는 예감 때문에 나는 긴장하지 않을 수 없었다. 역시나 큰할아버지는 나에게 인생의 내력을 쏟아놓기 시작했다.

큰할아버지의 역사는 83년 전으로 거슬러 올라갔다. 1931년 경기도 김포군 양촌면 학운리의 최씨 집안 맏아들로 태어났다. 학운리는 인천과 강화도 중간 지역으로 서해 바닷가 마을이었다. 인천까지는 육로로 50리, 강화도까지는 20리, 개성까지는 80리쯤 된다고 읊어대는 큰할아버지의 목소리가 물기에 잠겼다. 큰할아버지는 꿈에서도 잊지 못했던 고향이었다고 덧붙였다.

마을에서 가장 높았던 산은 학운산으로 해발 250m의 야트막한 뒷산 정도였다. 강산이 여섯 번은 더 넘게 변했을 세월이 지났건만 큰할아버지 기억의 고향산천은 어제 본 것 마냥 또렷하다고 했다. 오랜 세월을 견딜 수 있었던 버팀목이 고향에 대한 기억이었다.

큰할아버지는 마침내 고향으로 돌아왔다. 이것은 사람이 간절히 염원하며 노력하면 그 뜻이 하늘에 닿는 것을 보여주는 건지도 모르겠다. 진인사대천명. 큰할아버지는 육십 년이 넘는 세월 동안 오직 고향에 돌아올 날만을 학수고대했다.

큰할아버지의 부모님한테는 조상 대대로 물려받은 논과 밭이 있었다. 이밥(입쌀밥)을 먹고 사는 집이었지만 그 시절에는 그것이 문제였다. 일본 놈들한테 나라를 통째로 빼앗긴 마당에 개인 땅인들 무사할 리 없었다. 걸핏하면 순사들이 집을 들락날락했고 부모님은 코가 땅에 닿도록 굽실거렸다고 했다.

두 살 터울로 동생 수복이 즉 우리 할아버지가 태어났다. 형제는 밥만 먹고 나면 항상 붙어 다녔다. 큰할아버지가 여섯 살이 되었을 때 대포리에 있는 서당에 나가 천자문을 배웠는데 네 살이었던 동생은 형 꽁무니를 졸졸 쫓아다녔다.

여덟 살 되던 해 소학교에 입학했지만 '내선일체'에 따라 조선 소학생도 황국신민화를 시켰다. 학교에서는 상급 감시자를 두고 수시로 염탐해서 조선말을 쓰는 아이를 호되게 벌했다. 학년이 올라갈수록 일본의 수탈은 점점 더 가혹해졌다.

태평양 전쟁이 막바지에 이르면서 일본은 수세에 몰리기 시작했고 조선 사람들을 마구잡이로 강제징집했다. 매일같이 폭격기가 하늘을 날아다녔고 그런 날이면 요란한 사이렌 소리가 귀청을 울렸다. 대피소에 삼삼오오 모여 앉은 또래 아이들에게 허무맹랑한 소문이 장난감인 것처럼 돌았다. 그중에는 북한에 김일성 장군이 있는데, 축지법을 사용해서 땅을 주름잡아 일본군을 때려잡는 신출귀몰한 인물이라는 얘기가 있었다.

해방되었지만 세상은 여전히 뒤숭숭하고 흉흉했다. 방귀 꽤 뀐다는 큰할아버지 집도 일본에게 전답을 빼앗겨 살림이 궁핍했다. 큰할아버지는 소학교를 졸업하고 상급학교에 입학하지 못한 채 농사일을 거들어야만 했다. 그러다가 늦은 나이에 부천에 있는 중학교에 입학했다. 어머니의 성화가 있기도 했지만, 소학교에 다니던 수복이가 아버지에게 떼를 쓴 것이다. 자기는 학교를 그만 다니더라도 형은 공부를 시켜야 한다고 말이다. 큰할아버지와 할아버지는 형제간의 우애가 각별해서 늘 형 먼저, 아우 먼저 하는 사이였다.

1949년 농지개혁법이 제정 공포되었다. 일제강점기 때 억울하게 빼긴 토지를 찾을 수 있게 된 것이다. 그때 나라로부터 문서를 받았다. 잘 된 일이었다. 도로 찾게 된 땅에 농사만 지어도 식구가 먹고살 일은 걱정이 없었다.

그런데 웬걸 6·25 전쟁이 발발했다. 스무 살이었던 큰할아버지에게 군대 영장이 나왔다. 중학교를 겨우 졸업하고 일 년 쉬다가 공부를 더 할 욕심으로 꿈에 부풀었을 때였다. 부모님은 몰랐지만, 그 당시 좋아하는 처자도 있었단다. 동생인 우리 할아버지만 알았다. 미래를 약속한 사이는 아니었지만, 마음은 주고받은 사이였다.

수복이가 중간에서 편지 심부름을 해줬다. 참 고운 처자였다. 멀리서 큰할아버지만 보면 고개를 숙이고 살포시 웃었다. 그럴 때마다 덧니가 살짝 드러났다. 그게 부끄러웠는지 웃을 때면 고개를 숙이거나 손으로 입을 가리는 모습도 예뻤다. 큰할아버지는 처자의 얼굴을 자세히 보고 싶어서 안달이 났다.

큰할아버지는 웃거나 말할 때면 덧니가 살짝 내비치는 순임을 보고 그 처자가 떠올랐다고 했다. 하나원에서 순임을 처음 봤을 때 그 덧니에 이끌려 말을 붙였던 게 후회된다고도 했다. 알고 보니 꽃임의 동생이었다고.

"큰할아버지, 잠깐만요."

나는 작전타임을 외쳤다. 일요일의 도로는 많은 차량의 행렬로 꽉 막혔다. 큰할아버지는 작은 눈을 끔벅거렸다.

"꽃임이는 또 누구예요?"

"순임이 언니지비."

"순임이를 하나원에서 처음 봤다니요? 손녀라면서요?"

"뉘기?"

"누구라뇨? 순임이 말이에요."

"으응, 기린 게 있지비."

큰할아버지가 얼버무렸다.

"그런 거라뇨?"

내 마음에 서서히 스며드는 서광의 빛. 영광의 빛. 연애의 빛.

"재홍이 너래 가만 좀 있어봐라. 내래 찬찬히 말을 할 것인께. 지금에 와서 뭘 숨기고 자시고 하겠나. 그 에미나이를 만난 것도 우여곡절이 많았구먼. 가만, 내래 어디까지 얘기했지비?"

큰할아버지 역사는 거기서 잠깐 쉼표를 찍어야 했다. 어느새 양곡 사거리 양촌터미널에 도착했기 때문이었다. 우리는 내려서 마을로 들어서는 83번 버스를 탔다. 김포집이 가까이 다가올수록 내 가슴은 답답했다.

털털거리던 버스는 어느새 삼거리 버스정류장에서 하차했다. 큰할아버지는 사방을 두리번거리며 어디가 어딘지 모르겠다는 말을 열 번이나 했다. 난 19년을 여기에 살았었다. 서울로 이사 온 지 고작 1년밖에 안 되었기에 내 눈에는 바뀐 것이 거의 없었다. 양촌면 삼거리도 여전했고 마을회관 지붕도 그대로였다. 학운리로 들어가는 길목의 슈퍼도 변한 것이 없었다. 내가 다니던 초등학교 담벼락의 장미 넝쿨도 눈에 익었다.

우리 집터만 바뀌었다. 쓰러져가기 직전인 예전의 우리 집 대신

5층 빌라가 떡하니 자리 잡고 있었다. 할머니와 아버지 공동명의로 되어 있는 그 빌라는 여전히 우리 집 소유였다. 할머니는 큰할아버지가 그것을 알게 될까 봐 전전긍긍했다. 나는 빌라를 손가락으로 가리켰다.

"여그가 어디냐?"

큰할아버지는 사탕을 빼앗겨 금방이라도 울음을 터뜨릴 듯한 아이의 표정이었다. 나는 우리가 살던 집이었다고 했다. 아니 큰할아버지와 할아버지가 살던 집이라고 정정했다. 큰할아버지는 황망한 표정으로 머리를 세차게 내저었다.

"이건 아니지비. 재홍이 너래 똑똑히 기억해봐란. 우리 집은 감나무도 있었고, 매화나무도 있었다. 그기 다 어드로 간 게야. 어여 말해봔? 뒤뜰! 기래 뒤뜰이 어디래 있냐? 거그 감나무가 있었단 말이지비."

뒤뜰과 감나무라면 나도 알고 있었다. 다행히도 빌라를 지으면서 그 나무만큼은 그대로 두었다. 해거리를 하긴 하지만 우람한 감나무에서 열리는 감은 족히 네 접이 넘었다. 고된 시집살이로 힘든 할머니였지만, 그 세월을 완전히 지우기엔 섭섭했는지 건축업자에게 신신당부해서 감나무를 베지 않았다.

나는 어쩔 수 없이 큰할아버지를 빌라 뒤편으로 안내했다. 문제의 감나무는 세월의 위용을 자랑하듯 우람하게 서 있었다. 큰할아버지는 감회에 젖은 표정으로 나무를 쓰다듬었다. 어린 시절을 회상하는 것쯤으로 생각했다.

"재홍아 너래 어디서 삽 좀 구해 오런."

난데없이 삽이라니. 나는 어리둥절했다. 감나무를 얼싸안고 울음 섞인 목소리로 말을 하는 큰할아버지가 극도로 흥분했다는 것을 알 수 있었다.

"삽은 왜요?"

"여그 감나무 밑을 파봐야 한다."

전혀 이해가 되지 않았다.

"무슨 일 때문에 그러시는지는 몰라도 그렇게 무작정 땅을 파면 안 돼요. 여기 사는 사람들한테 허락받아야 할 것 같은데…."

내 말이 끝나기도 전에 큰할아버지는 5층 빌라 층계를 어정거리며 올라갔다. 미처 말릴 틈도 없었다. 1층에 다다른 큰할아버지는 초인종을 눌렀고, 기다렸다는 듯이 현관문이 열렸다. 사람 좋게 생긴 노인이 나왔다. 큰할아버지와 아버지의 중간쯤 되는 나이의 노인이었다. 큰할아버지는 애절한 눈빛으로 노인에게 사정했다. 여차여차해서 감나무 아래를 파헤쳐야 한다고 했다.

육십육 년 전 그곳에 자신이 묻어 놓은 무엇이 있다고 했다. 큰할아버지는 듣는 사람이 싫증 나지 않도록 길게 말하지도 않았으며 너무 간결해서 호소력이 떨어지지 않도록 말했다. 그 덕분인지 노인은 흔쾌히 허락했다. 나는 내심 노인이 곤란한 표정으로 거절해주길 바랐다.

할머니가 세입자 대표에게 전화한 내용은 무엇이었을까. 단지 이 빌라의 주인을 밝히지 말라는 주의뿐이었던 걸까. 노인은 한 술 더 떠 부리나케 집으로 들어가 감나무 밑의 흙을 파내기에 적합한 삽까지 챙겨 주었다. 노인은 결국 하지 말아야 할 말까지 덧붙이고 말았다. 빌라 주인이 따로 있으니 감나무 뿌리는 다치지 않게 해달라고. 나는 목덜미에 흐르는 식은땀을 손바닥으로 닦아내야 했다.

"집임자가 여그에 살지 않는다는 말씀입네까?"

미심쩍은 목소리로 묻는 큰할아버지 눈이 가늘어졌다. 노인이 무슨 말인가 하려는 찰나에 나는 황급히 큰할아버지를 끌고 내려왔다. 이마에서 땀이 삐질삐질 새어 나왔다. 애초에 여길 따라오는 게 아니었다.

감나무 밑 단단한 흙을 파헤치는 것은 내 몫이었다. 나는 삽자루를 움켜쥐고 삽날을 감나무 아래 꽂았다. 생전 해보지 않은 삽질이었다. 어설프기 짝이 없었지만, 그런대로 흉내 냈다. 큰할아버지는 두 손을 마주 잡고 묵묵히 지켜보았다. 갈색의 흙은 어느새 적갈색 빛을 띠었다. 삽 끝에 뭔가 닿는 소리가 들렸다. 바로 이것일까? 큰할아버지가 우리 식구에게 당당하게 외친 따로 생각했다던 그 말이.

둔탁한 그 소리가 큰할아버지 귀에도 어김없이 전해졌다. 큰할아버지는 앞으로 고꾸라질 듯 허둥거리며 그 자리에 엎드렸다. 그러고는 열 손가락으로 흙을 파헤쳤다. 곧이어 큰할아버지 손에 들려 나온 작은 나무상자는 납작했다. 짙은 고동색의 상자는 A4용지만 한 크기였고 깊이는 5cm를 넘지 않을 듯 보였다.

저 안에 무엇이 들은 걸까. 큰할아버지의 갈퀴 같은 손이 심하게 떨리고 있었다. 나는 묘한 기분으로 그 상황을 지켜볼 수밖에 없었다. 배꼽 밑에서 자리 잡고 있던 묵직함은 심장으로 올라와서 둥둥거리는 북소리를 내고 있었다. 딱히 뭐라고 설명할 수는 없었지만, 큰할아버지의 흥분이 내게도 고스란히 전달되고 있었다.

큰할아버지는 크게 심호흡을 하더니 여전히 떨리는 손으로 나무상자 뚜껑에 손을 댔다. 삐걱거리는 소리와 함께 뚜껑이 열렸다. 희끄무레한 무언가가 보이는 듯했다. 어느새 내 허리도 90도로 꺾였다. 내가 그것을 들여다보려고 하자 큰할아버지 손이 잽싸게 움직였다. 0.01초도 걸리지 않았다. 큰할아버지는 희끄무레한 그것, 얼핏 보기에 누런 종이를 움켜쥐고는 가슴으로 가져갔다.

큰할아버지의 표정을 딱히 설명할 길이 없었다. 그 순간 큰할아버지 입에서 터져 나온 소리는 참으로 기괴했다. '흐흐흐, 어엉엉, 크윽크윽.' 세상 모든 의성어를 섞는다면 이런 소리가 나올까.

나는 그게 뭐냐고 도저히 물어볼 엄두가 나지 않았다. 큰할아버지 스스로 말을 하기 전까지 기다릴 수밖에 없었다. 궁금증은 속 시원히 해결하지 못했지만, 내 몫의 일이 남아 있었다. 마구 파헤쳐 놓은 남의 집 뒷마당을 원상복구 해놓는 일이었다. 큰할아버지는 그것만 부여잡고 있었고, 내가 땀을 한 바가지나 흘리며 삽질을 해도 모르는 척했다.

큰할아버지는 1층에 사는 노인에게 허리 굽혀 거듭 고맙다는 인사를 했다. 큰할아버지에게 수고했다는 말조차 받지 못한 나도 덩달아 머리를 숙여야만 했다. 아무리 생각해도 부당한 일이었지만 나는 공연히 죄인이 된 심정이었다. 큰할아버지는 나를 현관 밖에 세워 놓고 노인에게 화장실을 좀 쓰면 안 되겠냐고 양해를 구했다. 노인은 이번에도 흔쾌히 허락했다. 큰할아버지는 잠시 후에 그 집을 나왔고 우리는 버스 정류장으로 서둘러 걸음을 옮겼다.

6
큰할아버지의 비밀

우리는 터미널로 가기 위해 83번 버스를 탔지만, 큰할아버지는 생각에 잠긴 듯 말을 아꼈다. 나는 감나무 아래 꽁꽁 봉인되어 있다가 세상 밖으로 나온 그것의 실체가 궁금했지만, 큰할아버지 눈치만 볼 뿐이었다.

이윽고 큰할아버지는 무슨 큰 선심이라도 쓰는 듯 먼저 말문을 열었다. 나는 다소곳이 눈만 끔뻑거렸다. 딱히 이유는 모르겠지만 그게 내가 취할 수 있는 최선의 행동이라는 생각에서였다. 어쨌든 먼저 아는 척을 할 만한 분위기가 아니었다.

"내래 니한테 아까 어디까지 얘기를 했지비?"

뜻밖에 나온 큰할아버지의 말이었다. 내가 정작 궁금해하는 것에 대해서는 말을 쉽게 꺼내지 않을 모양이었다.

"훈련을 마친 우리는 총 한 자루 없이 군복만 입고 청도역에 모여서리 북쪽을 향해 갔지비. 총을 쏴도 사람이 맞지 못하도록 나무가 빼곡하게 들어차 있는 숲 속으로 숨어들어 전진했지비. 낮에는 고지에 참호를 파고 취침을 했고 야심한 밤을 틈타 북으로 걸어간 것이야."

할아버지의 이야기는 계속되고 있었다. 큰 교전이 있었고 대다수가 완전히 포위되고 말았다고 했다. 북한의 연대에서 지휘부 선동원이 포로들에게 연설을 했다.

"제군들 그동안 고생 많았다. 괴뢰군 밑에서 전쟁을 하느라 얼마나 힘들었겠는가. 지금부터 제군들은 괴뢰군이 아닌 인민의 군대가 되어서 인민의 원수를 쳐부수고 조국 통일에 나서야 할 것이다. 하지만 우리는 제군들의 선택을 존중하기로 했다. 괴뢰군 수하가 되기 위해 남하하겠다면 우리는 기꺼이 보내 줄 것이다."

포로들 얼굴에 화색이 돌았다. 고향으로 돌아갈 수 있는 마지막 기회였다. 뒤에서 포로 한 명이 엉거주춤 몸을 일으켰다. 서로 눈치를 보던 포로 몇몇이 엉덩이를 뗐다. 큰할아버지도 주위를 훑어보며 일어서야 할 때를 기다리고 있었다. 그때였다.

'따따따따.'

연발로 울린 총성. 일어섰던 어린 병사들은 단말마의 비명을 내지르며 그 자리에 고꾸라졌다. 피는 사방으로 튀었다. 총을 쏜 사람은 지휘부 선동원 옆에 서 있던 인민군이었다. 인민군의 총구는 곧바로 엉덩이를 반쯤 들썩인 군인을 향해 겨누고 있었다. 군인이 채 바닥에 앉을 사이도 없이 총탄이 머리를 명중했고 허연 뇌수가 터졌다. 군인은 즉사했다.

"또 누구 없나, 남하할 사람?"

선택은 북조선과 남조선이 아니었다. 삶과 죽음이었다. 북조선에 살지 않겠다면 죽을 수밖에 없었던 국군포로들의 선택은 오직 하나였다. 십 대 후반에서 이십 대 초반의 청년들은 그들에게 쓸만한 노동력이었다. 폐허가 된 북한을 재건할 일꾼으로 요긴했을 테니까.

청년들은 43호로 불렸다. 국군포로에게 칭하는 북한의 인민 번호였다. 그 번호로 불리는 국군포로와 그 자녀들은 북한에서도 아주 낮은 수준의 대우를 받아야 했다. 그들은 공식적으로 포로가 아니었다. 강제적 자율에 의해 북조선 인민이 된 것이다. 국군포로들은 네모 모양으로 다닥다닥 붙어 있어 매우 열악한 주거환경에서 생활해야 했다. 그래서 그들이 사는 탄광촌 거주지를 '네모골'이라고 통칭하여 불렀다. 동료였던 국군포로끼리도 서로 경계하고 감시하는 일이 빈번했다.

큰할아버지는 이십 대 중반에 비슷한 처지의 아내를 만났다. 아내를 안을 때 잠깐 고향의 첫사랑 처자가 생각나기도 했단다. 아내를 단 한 순간도 좋아하지 않았기 때문에 그녀에게 늘 미안 했다고도 했다. 애정이 없어서였는지 두 사람 사이에 딸을 한 명 두었을 뿐이었다.

배급이 점점 줄어들어 식구가 굶는 날이 많았다. 딸이 커갔지만 43호라는 신분은 바뀌지 않았고 형편도 나아지지 않았다. 그 즈음 큰할아버지는 '재귀열'을 앓기도 했는데 '염병'이라는 열병이었다. 죽음의 고비에 다다른 큰할아버지는 눈이 뒤집혔다. 병원 치료를 받을 수 있다면 무슨 짓이라도 할 수 있을 것 같았다.

그래서 할아버지는 함께 사선을 넘은 동료를 음해했다. 북조선과 김일성 원수에 대해 불온한 말로 주위를 동요시키더라고. 전우는 반동분자로 끌려갔고 큰할아버지는 포상으로 병원에서 치료를 받을 수 있었다. 살아남기 위해서는 비일비재한 일이었다. 그러나 큰할아버지는 그 전우의 이름을 잊을 수 없었다고 했다.

"북한에서 43호는 천대받는 계급이었지비. 근데 43호인 나를 기억하는 간나이 에미나이를 만난 일이 있었지비. 그 에미나이가 나를 죽이려고까지 했구먼…"

큰할아버지는 혼잣말을 했다. 그 여자는 누구일까. 궁금했지만 묻지 않았다. 큰할아버지는 숨을 고르고 말을 이어나갔다.

북한에서 포로 출신인 큰할아버지도 홀대를 받았지만, 가족도 냉대를 받아야만 했다. 딸이 공부를 곧잘 했지만, 포로 출신 아비를 둔 탓에 상급학교 진학도 어려웠다. 아버지 때문에 자기까지 피해를 본다고 큰할아버지한테 막 대들었던 적이 있었단다. 그런 딸에게 따귀를 몇 차례 때렸다. 말리는 아내까지 흠씬 두들겨 팼다.

큰할아버지도 알고 있었다. 자신이 나쁜 남편이었고 못된 아비였다는 것을…. 탈북 계획에도 두 사람은 포함되어 있지 않았다. 아내와 딸은 북한에서 낳고 자란 사람이지만 자신은 아니라고 생각했기에 큰할아버지는 모든 현실이 억울하기만 했다.

1994년 7월 8일 김일성이 죽었다. 그가 죽자 북한은 점점 더 어려워졌다. 경제상황도 그렇고 모든 면에서 그랬다. 어느 해인지는 잘 모르겠지만, 큰할아버지는 고향 가족들이 자신이 살아있다는 것을 알고 애를 태운다는 소식을 듣게 되었다. 그때부터 탈북을 생각했다고 했다. 하지만 쉽지 않았다.

노력의 결실로 2000년 가을, 브로커를 통해 동생이 자신을 찾는다는 사실을 알게 되었다. 그즈음 큰할아버지는 폐인이나 다름없었다. 아내와 딸에게도 천덕꾸러기가 되었다. 딸이 청진으로 시집

못찾겠다
꾀꼬리

을 갔는데 사위 놈도 덩달아 무시했다고 했다. 모든 게 다 큰할아버지 탓이었다. 젊은 시절 울분을 이기지 못해서 아내와 딸에게 걸핏하면 소리를 지르고 손찌검을 했으니 그럴 수밖에 없었다.

큰할아버지는 모든 희망의 끈을 놓았다. 브로커를 통해 동생에게 여기서 죽을 날만 기다리고 있으니 더 이상 자신을 찾는 노력을 하지 말라고 전해 달라고 했다. 늙고 병든 큰할아버지는 동생에게 민폐를 끼치기가 싫었다.

하지만 동생에게서 좋은 소식이 날아왔다. 아버지가 물려준 고향 땅이 있다며 형의 몫이라고, 아버지의 유언이라고 했다. 오랫동안 묻어 두었던 기억 한 자락이 선명하게 떠올랐다. 비로소 탈북해야 할 이유가 분명해졌다. 가족에게도 비밀로 했다.

먹을 것도 없어서 굶는 날이 태반이었지만 가슴 속에 희망의 끈을 놓지 않았다. 이남에 자신의 땅이 있다는 것만 생각하면 힘이 솟아났다. 브로커를 통해 수복이와 수시로 연락하고 싶었지만, 먹고 죽으려고 해도 돈이 없었다. 자본주의만 돈의 노예가 되는 게 아니었다.

북한도 자본만능주의가 되어가고 있었다. 장마당에서는 돈만 있으면 거래 못 하는 물건이 없었다. 집구석에서 겨우 굶지 않을 만큼 강냉이 죽이나 얻어먹고 있으면 돈이 생길 턱이 없었다. 무작정 집을 나왔다. 아내는 큰할아버지가 없어진 걸 알고 옳다구나 했을 것이다. 밥이나 축내는 괴팍한 늙은이가 제 발로 걸어나 갔으니 말이다.

처음에는 어떻게든 돈을 마련해야겠다는 생각만으로 눈이 시뻘겋게 달아올랐다. 하지만 돈은커녕 죽 한 그릇 빌어먹기 힘들었다. 며칠 기진맥진 돌아다니다가 너무 춥고 배가 고파 집에 돌아와 보니 아내가 없어졌다. 아내가 짐을 싸서 청진 딸 집으로 줄행랑을 쳐버린 것이다. 졸지에 큰할아버지는 거지가 되었다.

'꽃제비'란 말만 있는 게 아니다. '노제비'라는 말도 있다. 집을 나오거나 버림받은 늙은이 거지가 바로 노제비다. 노상에 떨어진 음식 부스러기를 주워 먹거나 훔쳐 먹고 도망치다 두들겨 맞는 일이 다반사였다. 큰할아버지는 노제비로 떠돌면서 몇 년을 살았다.

2006년에 큰할아버지는 딸 집을 찾아갔다가 예전에 만났던 브로커를 청진역 근처에서 다시 볼 수 있었다. 다행히 수복이와 연락이 닿을 수 있었고 며칠 있다가 동생이 돈을 보내왔다. 그 브로커가 절반 이상 떼먹은 것은 빤한 일이었지만 큰할아버지는 그 브로커밖에 믿을 사람이 없었다.

큰할아버지는 그즈음 어느 계집애를 만났다. 꽃임이었다. 순임이의 언니 꽃임이. 그녀는 여자 꽃제비였다. 꽃제비 중에도 여자는 더 처참했다. 처음에 꽃임은 큰할아버지를 경계했다. 노제비한테 걸려들면 좋을 게 없을 테니까.

큰할아버지는 그 애한테 나쁜 마음으로 접근하진 않았다. 딸 생각이 났다. 북에서 한 점 떨군 피붙이인데, 딸애한테 너무 모질었다는 생각이 들었다. 43호 아비 때문에 진로가 막힌 게 속상해서 악을 바락바락 질러대던 딸을 개 패듯이 때렸던 게 마음이 걸렸다. 큰할아버지 일생에 꼬리표처럼 붙어 다니던 43호. 큰할아버지도 진저리나는 꼬리표였는데 딸한테 그 말을 들으니까 견딜 수가 없었다.

꽃임이가 딱 그 나이였다. 딸이 상급학교에 가지 못하고 강냉이 공장에 취직했던 열네 살. 그래서 더 측은했을 것이다. 열네 살 여자애가 어쩌다 꽃제비가 되었는지 궁금했지만 묻지 않았다. 꽁꽁 언 주먹밥 한 덩어리를 건넸는데 그녀가 살쾡이처럼 낚아챘다.

어느 해 봄 새벽이었다. 큰아버지는 역 근처에서 노숙하는데 날카로운 비명이 들렸다. 선잠에서 깨서 지척거리며 가보니까 꽃임이가 몇 놈한테 몹쓸 짓을 당하고 있었다. 근처에서 돌아다니던 꽃제비 놈들이었다. 여자 몸 망가지는 걸 둘째 치고 저러다가 놈들이 계집애 하나를 죽일 수도 있겠구나 싶었다. 벽에 숨어서 그쪽으로 돌 몇 개를 던졌다. 어디서 날아오는지 모르는 돌을 얻어맞은 놈들이 꽁지 빠지게 달아났다. 그때부터 꽃임이와 가까워졌다고 했다.

큰할아버지가 바람잡이를 하면 발 빠른 꽃임이가 먹을 것을 훔쳐왔다. 꽃임은 행인에게 장기자랑으로 돈 몇 푼을 받아오기도 했다. '못 찾겠다 꾀꼬리'는 꽃임이가 잘 부르는 노래였다. 그걸 듣는데 눈물이 왈칵 쏟아졌다. 남한 가요라고 했다. 그걸 어디서 배웠냐고 했더니 꽃제비들한테 배웠다고 했다. 꽃임이는 영리한 데다가 발도 넓었다.

남한 것이라면, 그게 청산가리라고 해도 삼켰을 큰할아버지에게 그 노랫말은 가슴에 콕콕 와 닿았다. 어릴 때 김포 고향에서 수복이랑 술래잡기할 때마다 외쳤던 말이었다. '못 찾겠다 꾀꼬리.' 그 가사 속에 어린 시절의 큰할아버지와 동생 수복이 있었다. 어둑해질 때까지 술래잡기하면 어머니가 밥 먹으라고 불렀다. 마치 어제 일처럼 귓전에서 쟁쟁거렸다.

나는 큰할아버지가 감상에서 벗어나길 기다리다가 물었다. 그 꽃임이가 혹시 큰할아버지를 죽이려고 했던 여자였냐고. 큰할아버지는 우물쭈물했다.

"원수를 외나무다리에서 만난 거였지."

무슨 말씀을 하는 건지 알아들을 수가 없었다. 나는 감나무에서 발견한 그것과 순임이 얘기가 언제 나오나 하고 목 빠지게 기다렸는데, 큰할아버지는 입을 다무는 동시에 눈도 감아 버렸다. 그 후 큰할아버지의 탈북기는 나도 익히 아는 얘기였다. 천신만고 끝에 압록강을 건너 몇 년 동안 중국을 떠돌면서 브로커들한테 수없이 당하고 뺏기고 공안에 들켜서 북송될까 봐 단 한 순간도 맘 편한 적이 없었던 지옥의 시간과 할아버지와의 뜨거운 형제 상봉에 대한 이야기였다.

큰할아버지와의 김포행은 성과가 전혀 없지는 않았다. 눈에 아른아른한 순임이가 나와 피와 살이 섞이지 않았다는 사실을 알게 된 것만으로도 그랬다. 하지만 스멀스멀 올라오는 이 꺼림칙함은 무엇일까.

감나무 밑에서 파낸 흰 종이. 나는 그게 뭐냐고 결국 물었다. 큰할아버지는 역시 대답이 없었다. 돌아가신 우리 할아버지가 증조부가 언약한 땅에 대해 언급했고 큰할아버지는 그걸 희망으로 삼고 탈북했다고 하지 않았던가. 그것과 무슨 연관이 있는 걸까. 하지만 그 땅은 늘 우리 집 소유였고 이미 다 처분해서 아파트도 샀고 5층 빌라를 지어서 세를 놓은 상태였다. 내 머릿속은 뒤죽박죽 엉키면서 혼란스러워졌다.

7
아빠와 엄마의 대화

 수업이 없는 날이었다. 마냥 늦장
을 부리고 싶었지만, 김미애 여사가 봐줄지는 의문이었다. 엄마는
내가 수업이 없는 날에도 학교도서관으로 직행해야지 안심했다.
도서관에 죽치고 앉아 있다고 공부를 하는 것도 아닌데 말이다.
 그런데 오늘은 웬일인지 나한테 신경을 끄고 있었다. 큰할아버
지와 김포를 다녀온 후, 나는 입을 닫았다. 엄마와 할머니가 수차
례 나에게 물었지만 나는 꿋꿋이 버티었다. 내 눈으로 직접 보기
야 했지만, 그 낡은 종이에 대해서 아는 바가 없는데 섣불리 말을
했다간 엄마와 할머니 닦달이 이어질 게 뻔했기 때문이다.

그런데 오늘은 나 대신 아버지를 잡을 모양이었다. 마침 할머니도 일가 칠순잔치가 있다고 이른 새벽에 김해 가는 고속버스를 탔다. 김미애 여사가 최근배 씨를 마음대로 휘둘러도 되는 절호의 기회였다.

"어머니도 안 계신 김에 얘기 좀 해 봅시다."

김미애 여사가 칼을 빼 들었다. 나는 거실에서 대화하는 소리를 듣기 위해서 방문을 살며시 열어 두었다. 사실 나는 그동안 집안일에 별로 관심이 없었다. 그런데 큰할아버지와 순임의 갑작스러운 등장으로 내 온 신경이 집안에 맞춰지기 시작했다. 아니 순임이라는 여자애가 내 관심의 촉을 건드렸다는 게 더 정확한 표현일 것이다.

거실로 채널을 고정하자 두 사람의 대화 내용이 내 귀를 향해 주파수를 타기 시작했다.

"당신 말 좀 해봐요."

"난 할 말이 별로 없어."

"당신이 할 말 없으면 안 되죠."

"내가 왜 할 말이 있어야 하는 거지?"

"어머, 참. 어머니가 그렇게 못마땅해 하시는데도 박박 우겨서 큰아버님을 모시고 온 장본인이 당신이잖아요. 그런데 이제 와서 웬 발뺌?"

"나 참, 내가 무슨 발뺌을 했다고 그래. 당신이야말로 좀 솔직해지시죠. 김 여사님!"

"어머머! 이이 좀 봐. 솔직해지고 자시고가 어딨어요. 큰아버님이시면 나한테는 하늘같은 시어른이신데, 며느리 주제에 가타부타 무슨 말을 하겠느냐고요."

"이것 보라니까. 김 여사님, 말을 돌리는 게 어째 심상치 않아. 어머니 뒤에 숨어서 그렇지 당신도 어머니 생각하고 같은 거잖아? 아니야? 어쩌면 당신이 어머니보다 한 수 더 위일 수도 있어."

"그래요. 내가 어머니보다 한 수 더 위인지, 두 수 더 위인지는 몰라도 어머니 의견이랑 같다는 점은 인정할게요, 됐죠? 내가 이렇게 인정했으니까 이제 당신 차례에요."

"왜 그래, 김 여사? 당신이 갑자기 순순히 나오면 난 무서워져."

"아이고, 엄살 부리지 말고요. 당신 속내 좀 들어봅시다. 큰아버님한테 왜 그렇게 지극정성으로 잘하는 건데?"

"사람이 왜 그렇게 몰인정해. 큰아버지가 남한에 아는 사람이 누가 있어? 아버지가 초청한 양반이잖아. 우리가 모른척할 수만은 없는 일이지. 안 그래?"

"그래 좋아요. 모른 척할 수는 없다고 칩시다. 그러면 밖에서 만나서 음식 대접이나 하고 아버님 납골당에 모시고 가면 그뿐이지 집에까지 모시고 올 필요가 있었나요? 난 그걸 묻고 싶은 거

못찾겠다
찌꼬리

라고요. 물에 물 탄 듯 술에 술 탄 듯한 당신의 처사에 나는 제쳐 두고 어머니가 곤란을 겪으시잖아요. 어서 말 좀 해봐요."

"아버지 첫 기일인데 어떻게 안 모시고 오느냐고? 나도 사실 집까지 모시고 오고 싶지는 않았다고."

"그런데요?"

"에이 씨. 그만 좀 닦달해. 듣다 보니 꼭 취조당하는 기분이잖아. 그러지 좀 마."

"당신이 매사 이러니까 어머니도 못마땅해 하시는 거예요. 아무리 큰아버님이라고 하지만 지금에 와서 왜 어머니 시집살이를 시키느냐고요. 말이 통하네, 안 통하네 하면서. 나 참, 기가 막혀서. 당신도 생각해봐요. 어머니가 계시긴 하지만 당신은 엄연히 우리 집 가장이에요. 가장이면 가장답게 행동을 해야 하잖아요. 당신은 누굴 닮았나 몰라. 아무래도 어머니 쪽은 아닌 것 같고. 하긴 아버님이 우유부단하셨지. 쓸데없이 정에 약하셔서 당신 가족은 내팽개치고 평생 형님 일에만 혈안이 되어서 사셨으니. 당신은 당신 아버지가 무능력했던 거 지겹지도 않아요? 어머니 아니었으면 최씨네는 손가락 빨고 살았을 거야."

"허어! 이 사람이 보자 보자 하니까 사람을 보자기로 보나?"

"입때껏 어머니 눈치나 보면서 가만히 있으니까 가마니로 알았죠. 내 말이 틀려요? 어머니만큼은 아니지만 나도 지긋지긋해요.

아버님 돌아가시기 직전까지 우리 집이 집이었나요? 살림살이는 어땠고요? 걸핏하면 중국에 가신다고 짐 싸시면서 몇 백씩 해놓으라는 통에 집안 살림이 펴볼 새가 있었느냐고요! 재홍이가 저렇게 된 것도 반은 아버님 탓이라고요."

어이쿠! 왜 하필 이 시점에서 내 얘기가 거론되는 걸까. 나는 움찔했다.

"재홍이가 지금 어떻게 됐는데? 또 뭐가 아버지 탓이야!"

"재홍이 공부 한참 시켜야 할 때 아버님이 이북에 있는 형님 찾을 돈 해놔야 한다는 바람에 변변한 과외 한 번 못 시켰잖아요. 땅은 한 평도 못 팔게 하셨고. 돈이 있어야 괜찮은 학원에 보낼 엄두라도 내죠. 제대로 뒷바라지만 했으면 재홍이도 서울에 있는 대학은 갔을 거라고요. 내가 그 생각만 하면 속상해 죽겠어."

"그만하지 못해!"

"못 그만둬요. 말 나온 김에 이유는 들어야 할 거 아니에요. 큰아버님을 왜 굳이 집으로 모셔왔는지. 적당히 둘러댈 수도 있었잖아요."

"말 안 해!"

"난 꼭 들어야겠어요!"

"당신 참 이상해. 제사음식 장만해서 큰아버지 잘 대접해 놓고 지금 와서 왜 시비야?"

"낌새가 보이니까 그렇죠."

"무슨 낌새?"

"몰라서 물어요?"

"나는 모르겠어."

"그렇게 시치미를 뗀다고 일이 해결되는 게 아니잖아요. 그날 큰아버님 태도 좀 봐요. 이쪽에서 그만큼 예우를 해드렸으면 고맙게 생각하셔야지, 뭐가 그렇게 당당하신 거예요. 우리 쪽에서도 확실히 해야겠어요. 당신도 생각해 봐요. 어머니가 하실 수는 없잖아요. 당신이 못을 박아야지."

"무슨 못을 박아?"

"말해 봐요. 큰아버님이 어머니를 뵙고 따로 하실 말씀이 있다고 하신 거죠?"

"어라! 족집게네. 그래 맞다 맞아. 나도 그냥 밖에서 만날 요량이었어. 나라고 큰아버지가 마냥 좋았겠어? 큰아버지라고는 하지만 따지고 보면 나도 그 양반이랑 생판 남이나 마찬가지야. 어떻게 보면 당신이나 나나 피차일반이라고.

당신은 피가 섞였네, 물이 섞였네 하며 같은 최씨니까 어쩔 수 없다고 하겠지만 사실 난 그런 거 없어. 생각해 봐. 큰아버지면 뭐해? 얼굴도 처음 보는 분인데. 게다가 우리 아버지랑 좀 닮기라도 했으면 없는 정이라도 붙겠어. 근데 당신도 봤잖아. 외양도 어쩌면 그렇게 우리 아버지랑 다른지.

큰아버지 처음 뵙는 날, 나도 내처 도망가고 싶더라니까. 불편하고 성가시고…. 우리 아버지, 내가 좋아한 줄 알아? 나도 싫어했어. 아버지가 나랑 상관없는 동네 어르신이었다면 이해한다고 쉽게 말할 수 있었을 거야. 그러나 가족이 되면 이해하기 싫어지는 게 사람 마음이야.

분단된 지 육십 년이 넘었어. 어제 일어난 사고도 오늘이면 잊어버리는 판에 그게 무슨 대수라고 평생 우리가 그 짐을 짊어지고 살아야 하느냐고. 더군다나 그 짐 때문에 아무 상관도 없는 우리 어머니는 무슨 죈데? 하긴 큰아버지 입장에서는 또 그 양반은 또 무슨 죈가 하는 생각은 들어. 죽기 살기로 넘어왔는데 쌍수 들고 환영해줄 동생은 죽었지, 고향이라고 가봤자 낯설기만 할 테고. 그러니 조카인 나라도 조금은 따뜻하게 해드려야겠다는 생각이 들더라고."

"그러니까 당신은 그게 문제라니까. 초장부터 냉정했으면 큰아버님도 그러려니 하고 말았을 거 아니야."

"아니야, 그건 당신이 모르고 하는 얘기야. 그렇게 쉽게 물러설 양반이 아니었어. 나한테 단도직입적으로 요구하시더라고. 어머니를 만나야겠다고 말이야."

"뭐라시면서?"

"딱히 뭐라고 하신 거는 아니지만. 그래 솔직하게 이야기하지 뭐, 당신이 찾아야 할 게 있다고 하시더군."

"하이고! 이 양반아! 그런데도 끊질 못하고 집까지 모시고 왔어? 초장부터 밀리면 안 되는데 이 일을 어떻게 수습하려고요?"

"나도 뭐라고 말할 수가 없더라고. 아버지가 약조하셨다는데…."

"뭐라고요? 돌아가신 아버님이 무슨 약조를 하셨다는 거예요?"

"난들 아나. 그 일로 어머니를 봐야겠다는 말씀만 하셨으니."

"당신 정신 똑바로 차려요!"

"김 여사님, 너무 오버하지 마세요. 육십육 년이나 지난 일이에요. 무슨 근거가 있다고. 혹시라도 몰라서 어머니가 아버지 돌아가시자마자 땅 다 처분하고 서울로 올라온 거 아니야."

"그래도 거기 집터에 빌라는 남아 있잖아요."

"그게 우리 소유인지, 그 양반이 어떻게 알겠어."

"그래도 나는 괜히 심장이 다 벌렁거리네. 큰아버님 태도가 아무래도 수상쩍어요. 믿는 구석이 있으니까 그렇게 당당하셨던 거 아닐까요. 난 마음이 안 놓여요. 아버님 돌아가시고 나서야 그 땅을 팔아서 이제 겨우 우리도 남부럽지 않게 살 만한데. 아니야, 아닐 거야. 그죠? 지금에 와서 무슨 증거가 있겠어요? 증거가 있다고 해도 소용없을 거예요. 지금 와서 어딜."

"난 큰아버지보다 걔가 더 꺼림칙해. 아직 어린데도 어리숙한

구석이 없어 보여."

"누구?"

"누구긴 누구겠어."

"아, 순임이! 걔도 말썽이에요."

나는 또 한 번 찔끔했다.

"왜?"

"대안학교에서 전화가 왔었다지 뭐예요. 학교를 관둔다나 어쩐다나. 걔도 겉으로는 순진해 보이는데 속까지 그렇지는 않은가 봐요. 학교를 관두면 뭐 한다고. 암튼 이래저래 성가시게 생겼어. 난 무조건 싫어. 큰아버님이고 순임이고."

"아 참, 재홍이는 큰아버지랑 김포 다녀와서 암말 안 해?"

"일찍도 물어보네요. 재홍이 이 녀석도 말을 안 해요. 그저 갔다 왔다고만 하고. 다 내 맘 같지 않다니까."

"사내 녀석이 입이 무거워야지. 미주알고주알 지껄이는 것보다는 훨씬 낫지, 뭘 그래."

"하이고, 참. 난 당신 부자를 정말로 이해 못 하겠어. 왜 갑자기 나타난 큰아버님 일에 두 부자가 쌍으로 설쳐대는지 말이야."

"설치다니? 이 사람이 그게 말이야 막걸리야?"

"난 몰라. 아무튼, 난 절대 손해는 안 볼 거니까 그렇게 알아요. 아 참. 순임이는 왜 꺼림칙하다고 했어요?"

"걔 정말 맞는 거 같아?"

"뭐가 맞아. 말을 하려면 똑바로 해요."

"큰아버지 손녀라는 거 말이야."

"큰아버님이 그렇다고 하셨는데 그런가 보다 해야죠, 뭐. 손녀든 딸이든 우리랑 무슨 상관이에요."

"순임이 눈꼬리와 입매 좀 봐. 보통이 아닌 거 같지 않아."

"무슨 얘기가 하고 싶은 건데요?"

"남자 꽤 호리게 생겼잖아."

이크! 역시 아버지도 남자였다. 내가 여자 보는 눈이 높았던 게 다 내력이 있는 거였다.

"그런가. 예쁘장하긴 하더구먼. 에이, 그래서 뭐 당신은 순임이가 큰아버지 거시기라도 된다는 말이에요? 하여간 남자들 생각하는 거 하고는. 아이고, 됐어요. 시답잖은 소리 그만해요. 어쨌든 큰아버님이 뭐를 주장하시든 간에 우리는 모르쇠예요. 당신이란 나는 입 맞춘 거예요. 알겠죠!"

"재홍인 아나?"

"뭘요?"

"우리가 아버지 돌아가시자마자 꿀꺽한 거."

"이이 좀 봐! 내가 미쳐! 누가 들으면 우리가 무슨 날강도라도 되는 것처럼 얘기하네요. 뭘 꿀꺽해요, 꿀꺽하긴. 어머니 앞에서도 똑같이 말해봐요. 이이가 어머니 기함해서 장례 치르게 할 양반이네. 가만 보면 당신이라는 사람도 참 못 말려."

"그래 내가 말실수 좀 했다. 미안하다. 어쨌든 재홍이는 아느냐고?"

"재홍이가 알고 모르는 게 뭐가 중요해요."

"아니 그냥. 그래도 찝찝해서."

"찝찝하다는 사람이 큰아버님한테 선선히 허락했어요, 재홍이를?"

"그럼 어떡해? 당신도 들었잖아. 교통편을 모르니까 재홍일 데리고 가시겠다는데 그건 안 됩니다, 그래? 큰아버님이 재홍이 붙들고 이러쿵저러쿵하시겠어?"

"그거야 모르죠. 어머니가 재홍이한테 단단히 일렀고 세입자한테도 전화한다고 하셨는데…"

"뭐라고 이르셨는데?"

"어머니가 어련히 알아서 하셨을까. 어쨌든 당신이 신경 써야 할 사람은 재홍이가 아니에요. 번지수 헷갈리지 마세요. 당신은 큰아버님이 딴 말씀 못 하시게 단속이나 잘하라고요."

"나보고만 총대를 메라고? 그건 너무 심했다."

"그러면 내가 해요? 아니면 어머니가 시아주버니를 상대로 하라는 거예요? 당신이 우리 집 가장이고 남자잖아요. 그 정도는 해줘야 하는 거 아닌가요?"

"이런 젠장. 이럴 때만 가장이고 남잔가. 아이 씨, 골치 아프게 생겼네. 그 양반은 왜 갑자기 내려오셔서 일을 이렇게 복잡하게 만드는 거야."

"왜? 아버님 살아생전에 두 부자가 술만 취하면 우리의 소원은 통일을 열창했으면서. 꿈에도 소원은 통일이라는 가사에서는 울먹거리기까지 했잖아요. 나도 보기 싫었는데 어머니는 얼마나 꼴보기 싫었을까."

"그래도 통일은 되어야지."

"아이고, 통일, 여기 있습니다. 길을 막고 물어봐요. 정말 통일되기 원하는 남한 사람이 몇이나 있나. 북한이 그렇게 살기가 어렵다는데, 같이 합쳐 봐요. 골치 아플 일이 한두 가지겠어요? 우리 집만 봐도 그렇잖아요. 분단 세대인 아버님이야 당신 피붙이가 전쟁에 끌려가서 희생당했다고 생각하셨으니까 평생 가슴앓이를 하셨지만, 지금 우리 식구 누구 하나 그 양반을 반기고 있나. 다 싫어하잖아요."

"할 말이 없네. 세월이 너무 흘러버렸어."

"그래요. 그러니까 우리 식구끼리 똘똘 뭉쳐서 공연히 일 어그러지게 하지 말자고요. 당신도 처신 똑바로 해야 해요."

"알았어, 알았다니까."

아버지와 엄마의 대화는 거기서 끝났다. 마침 전화벨이 울린 것이다. 엄마는 전화를 받았고 아버지는 방으로 들어가 버렸다. 큰할아버지와 우리 집 사이에 가로막힌 무엇이 분명 있었다. 오래되었다고는 하지만 어떤 식으로든 반드시 해결하고 넘어야 할 무엇. 알 듯도 하고 모를 듯도 하지만, 어쩐지 우리 집 식구가 수세에 몰리고 있다는 느낌을 지울 수가 없었다. 안간힘을 쓰며 무엇을 사수하려는 우리 집과 그것에 대해 당당히 맞서는 큰할아버지.

나는 순임에게 전화를 걸었다. 대안학교 담임과 통화했던 나로서는 일말의 책임을 져야 할 일이니까. 결코, 딴 뜻은 없었다. 아니 딴 뜻이 없을 리 없었다. 육촌 누이도 아닌 여자를 만나는데 딴 뜻이 있는 게 너무도 당연한 게 아닌가.

8
첫 데이트

　　　　　순임은 할아버지 기일에 온 그 날
과는 확실히 많이 달라졌다. 청바지에 후드 티셔츠 차림이 아니었
다. 하의 실종, 연예인 공항패션 같은 것이 내 눈앞에 펼쳐졌다. 다
리를 통째로 넣고 꿰맨 것 같은 스키니진에 빈티지 스타일의 박스
티를 걸친 순임은 발랄해 보였다. 헐거운 목선에서 드러난 쇄골과
가슴선에 저절로 눈길이 머물렀다. 자세히 보니 화장도 제법 세련
되게 했다. 마스카라로 바짝 치켜세운 눈썹 아래 선명한 눈망울과
코, 그리고 볼이 빛났다.

　웬만한 여대생은 순임이 앞에서 명함도 내밀지 못할 정도로 눈

이 부셨다. 나란히 걸으면 봐줄 만한 커플로 보일 것이다. 친구
녀석들이 본다면 어디서 저런 보물을 낚았느냐고 시샘 어린 야유
를 보낼지도 몰랐다. 괜스레 으쓱해졌다. 순임은 나를 보자 웃음
기 없는 표정으로 머리만 까딱했다. 그 모습마저도 맘에 들었다.

길거리에 마냥 서 있을 수만은 없었다. 아이스크림 종류가 서
른한 가지나 되는 아이스크림 가게가 눈에 띄었다. 내가 그곳을
손가락으로 가리키자 순임이 먼저 유리문을 열었다.

"그래서요?"

담임이 전화를 해서 내가 받았다는 말을 하자 순임이 의아한
표정으로 물었다. 표준말을 또박또박 구사하려는 노력이 보였지
만, 북한 억양을 완전히 지울 수는 없었다. 나한테는 그것조차
애교스럽게 들렸다.

"그래서라니. 학교를 관둔다고 했다며, 왜 그랬니?"

제법 위엄 있는 표정으로 말을 시작했지만 나는 이내 달래는
말투로 전환하고 있었다. 순임에게 나는 어느새 육십, 아니 구십
퍼센트가 넘게 넘어가는 중이었다.

"근데 왜 반말 하는 겁네까?"

나는 말문이 막혔다. 동갑이면 반말해도 되는 것 아닌가. 생일
이라도 따지자는 걸까. 만약 순임의 생일이 빠르다면 누나라고
부르라는 말인 걸까.

"미안, 근데 우리 동갑이잖아. 너도 말 트면 되잖아."

내가 볼멘소리를 했다. 순임은 이내 순한 표정으로 나를 바라보았다.

"잘 못 알아듣겠어."

순임이 고개를 숙이며 중얼거렸다. 나야말로 순임의 대답을 잘 못 알아들었다. 순간 나는 허공에 피식하는 웃음을 날렸다. 내가 뭐 안드로메다 언어로 소통하자고 했나. 저나 나나 배달의 민족으로 순 한국말을 했건만 못 알아듣겠다니.

"학교는 무조건 다녀야 해. 이건 명령이야!"

이런, 너무 세게 나갔다. 아차 싶었다. 명령이라는 말까지는 아무래도 좀 오버였다.

"정말이라니까, 못 알아듣겠다고."

아하! 나는 그제야 순임을 말을 알아들었다. 수업 내용을 알아듣지 못한다는 뜻이었다. 내가 멋쩍게 웃었다. 그녀도 나를 따라 킥 웃었다. 살짝 자존심이 상했다. 그녀 앞에서 제대로 폼 잡으려고 했는데 이대로 내 위상이 무너진 게 아닐까 하고 조바심이 났다.

"그래도 열심히 하다 보면 공부하는 재미도 있어. 그리고 대학에 가고 싶지 않냐?"

"대학에 가면?"

"음, 대학에 가면 여러 가지를 경험할 수 있지. 본인이 꼭 하고 싫었던 전공에 대한 지식도 깊어지고 자아성취도 할 수 있고 취업선택의 폭도 훨씬 다양해지고."

영혼 없는 조언이었다. 나조차도 확신이 없는 말들을 하고 있어서인지 말이 자꾸 끊겼다. 나야말로 대한민국에서 대학생으로 산다는 것에 대한 비전은 손톱만큼도 없다는 걸 너무 잘 아는 사람 중의 한 명이었다.

"대학을 나와도 취직하기는 하늘의 별 따기라면서?"

"하긴 그래, 별 따기지."

나는 어느새 그녀의 말에 적극 맞장구를 치고 있었다. 청년실업 백만 시대만 생각하면 한숨이 저절로 나왔다.

"나는 돈이나 벌고 싶다. 그것도 많이. 북한에서도 돈만 있으면 장마당에서 뭐든 살 수 있었거든. 어딜 가든 돈이 최고인가 보더라."

세상에! '돈이나'란다. '세상에서 공부가 가장 쉬웠어요.'라는 허무맹랑한 말보다 더 지독한 허언이다. 사실은 나도 돈을 벌고 싶다. 그것도 왕창. 하지만 그것은 내 능력 밖의 일이었다. 그래서 나는 우리 집 재산을 핑계로 나중에 그럴싸한 사업이나 해 볼 생각이었다.

하지만 내 얼굴을 정면으로 응시하는 순임의 말간 얼굴을 보고는 차마 그 말을 할 수 없었다. 계속 보고 있어도 또 보고 싶어지는 얼굴이었다. 북한 여자가 예쁘긴 정말 예쁘구나 하는 생각에

빠졌다. 남남북녀라고 하더니 틀린 말은 아니었다.

　바닐라 아이스크림을 분홍색 숟가락으로 퍼먹다가 뾰족한 혀를 내밀어 입 주변을 닦는 모습까지 사랑스러워 견딜 수가 없었다. 여태껏 사귀었던 어느 여자보다 순임이 나으면 나았지 절대 뒤지지 않았다. 절대 놓칠 수 없었다. 나는 속으로 전의를 다지고 또 다졌다.

　그 순간 순임의 담임에게서 들었던 순임의 문제와 의문은 깃털처럼 날아갔다. 애가 뭐가 문제지? 문제없어! 이렇게 예쁘기만 한데. 하, 그래도 학교는 다녀야 하지 않을까. 내가 막 그 이야기를 꺼내려고 하자 순임이 뻘떡 일어나서 물 한 병을 사 왔다.

　"아이스크림을 사 먹었는데도 물을 사라고 하네. 무슨 물이 천오백 원이나 하냐. 남한도 다 좋은 것은 아니네. 부당한 일을 당해도 찍소리 못하고 미제들한테 휘둘리기나 하고."

　500ml 생수병을 보니 프랑스에서 직수입한 상표였다. 나는 순임의 말에 반박했다. '누가 남한이 북한보다 백이면 백 다 좋다고 했느냐. 어느 사회나 전적으로 백이 좋을 수만은 없는 일이다. 현재 대한민국은 더 그렇다. 대학을 졸업해도 취직이 어려운 현실만 봐도 대한민국은 결코 살기 좋은 나라는 아니다.'

　여기까지만 하고 입을 다물어야 했다. 순임이 학교에 다니지 않겠다는 이유와 묘하게 맞아떨어지는 말일 테니까. 거기다 더 나가면 자본주의의 병폐와 신자유주의로 인해 힘이 있는 나라는 점점 더 강해지고 힘이 없는 나라는 점점 더 약해지는 악순환의 고리와 사회적으로 심각한 불평등까지 들먹거릴 것 같아서였다. 순임 말대로 미제들에 휘둘리는 것이 맞다. 하지만 외국 프렌차이즈 아이스크림 가게에서 역시 외국 상표 생수를 산 탈북자 아가씨와 남한의 삼류 대학생이 나눌 대화로는 적합하지 않았다.

갑자기 목이 탔다. 프랑스에서 직수입한 물이라는 점에 거부반응이 들었지만, 이상하게 그 상표의 물맛이 좋았다는 기억이 나를 갈증 나게 했다. 생수병을 향해 내 손이 막 뻗치기 전이었다. 단지 꿀꺽거리는 소리만 들렸을 뿐인데 생수병의 물은 바닥이었다. 허공에서 쏟아진 물은 순임의 입을 향해 낙하하고 있었다. 한 방울의 물까지 남김없이 다 털어놓고 입가를 쓱 닦는 순임이 한 말은 모든 것의 마침표를 찍기에 충분했다.

"메콩 강을 건널 때 죽을 거 같이 더웠어. 근데 물을 먹을 수가 없었어. 강을 건너지 못한 언니는 생사도 알 수 없는데 난 겨우 목마른다고 시원한 물을 먹는 것 자체가…"

순임은 말을 잇지 못했다. 메콩 강이라면 태국이 아닌가. 그렇다면 순임은 중국을 통해서 탈북한 게 아니라는 말이다. 큰할아버지는 압록강을 건너 중국을 거쳐 탈북했다고 들었는데, 두 사람이 하나원에서 만났다고는 들었지만 궁금한 게 한둘이 아니었다. 언니라니? 순임의 언니라면, 큰할아버지가 말했던 꽃임이를 말하는 것이 틀림없었다. 순임은 고개를 돌려 출입구 쪽을 바라보았다. 코끝이 빨개졌다. 언니의 생사 얘기는 더 이상 진전이 없었다.

"강을 다 건넌 후에도 물을 마실 수가 없었어. 탈북하면서 자기 오줌을 받아먹었다는 사람도 있었지. 나는 다행히도 그 지경까지는 아니었어. 어쨌든 그때부터 물에 한이 맺힌 거 같아. 갈증을 못 참겠더라고."

나는 더 이상 말을 할 수 없었다. 아무리 목이 말라도 어떻게 자기 오줌을 먹을 수가 있어? 라며 놀랄 수는 없지 않은가. 순임과 대화를 하다 보니 북한에서 태어나고 자란 그녀의 시간이 궁금했다. 언니의 생사조차 모르고 이곳으로 넘어온 그녀의 삶에 대해. 순임은 어디서 태어났는지, 북한에서 어떻게 살아왔는지 등.

그 밖에도 큰할아버지와의 만남도 궁금했지만 대놓고 물어볼 수 없었다. 순임의 자존심이 상할까 봐 염려되었다. 사실 김포 빌라 감나무 밑에서 가져온 큰할아버지의 종이에 대해서도 알아보고 싶었다. 큰할아버지가 쥐고 있는 패가 과연 어떤 것일까. 순임이라면 알고 있을지도 몰랐다.

9
순임아, 순임아!

아이스크림 가게를 나왔을 때 거리는 어둑어둑했다. 용기를 내기로 했다. 마침 배도 고파 저녁을 먹자고 했다. 나는 순임에게 뭐가 먹고 싶으냐고 물었다.

"공화국 음식 잘하는 데 없을까?"

공화국 음식이라면 북한 음식을 말하는 것이다. 뭐가 있을까. 쉽게 떠오르는 것은 냉면과 만두뿐이었다. 그런 음식을 잘하는 집? 난들 알겠는가. 기껏해야 학교 앞 분식집과 술집만 전전해 왔는데.

"만두 어때?"

"북한 만두?"

"잘 모르겠는데. 만두면 그냥 다 만두지, 뭐."

순임의 침 넘어가는 소리가 또렷이 들렸다. 만두 전문이라는 간판을 걸어놓은 음식점을 찾아 들어갔다. 김이 모락모락 나는 왕만두가 나왔다. 순임의 큰 눈이 더 동그랗게 떠졌다. 공연히 으쓱해지는 이 기분은 뭘까. 예전 여자친구들이 웬만한 이벤트에도 시큰둥했던 반면 작은 것에 감동하는 순임이 이래저래 예뻐 보이기만 했다.

허겁지겁 만두를 입속으로 밀어 넣는 순임의 표정을 살폈다. 맛있다는 감탄사를 내뱉기를 기대했다.

"아니야, 이 맛은."

순임은 반쯤 남긴 왕만두를 젓가락으로 뒤적였다.

"그럼 어쩌지."

"아니긴 해도 맛은 있다."

순임은 나를 향해 생긋 웃었다. 맛은 고향의 것이 아니라고 하면서도 만두 한 판을 다 먹어치웠다. 나는 속으로 만두값은 해야 하지 않나 하고 입맛을 다셨다.

"이차는 네가 사라."

내가 순임을 한 번 잡을 요량으로 호기롭게 말했다. 그녀는 순박한 얼굴로 그렇게 하겠다고 했다. 그녀와 조금 더 시간을 보내고 싶은 마음이 반 큰할아버지가 들고 있는 패를 엿보고 싶은 마음도 반이었다.

커피 전문점에 마주 앉았다. 어쩐지 살짝 썸타는 것 같아서 기분이 썩 괜찮았다.

"북한에는 자아비판이라는 게 있다며?"

북한이 나올 때 얼핏 들었던 용어 하나를 말했다. 나로서는 순임과의 거리를 좁혀보고자 꺼낸 말이었다. 그 순간 그녀의 이맛살이 구겨졌다. '그런데 그게 뭐 어떻다고?' 말은 하지 않았지만, 순임이 내게 그렇게 되묻고 있었다. 표정이 그랬다. 난 움찔했다.

사람 누구에게나 건드리면 안 되는 것이 있다. 삼류대학인 우리 학교를 비하하는 발언이 나에게는 그것이다. 내가 안절부절못하는 사이에도 그녀는 표정이 딱딱하게 굳은 채 입을 다물고 있었다. 내가 꺼낸 말을 수습할 차례였다.

"나는 그냥 좀 궁금해서…."

물을 마시다 사레가 걸려 캑캑거릴 만큼 나는 심하게 허둥거렸다. 허둥댈 수밖에 없지 않은가. 나는 세상에서 입을 꼭 다물고 있는 예쁜 여자가 가장 무섭다. 아니, 두렵다. 차라리 슬픈 표정으로 눈물을 흘리거나 억울한 표정으로 징징대는 여자가 낫다. 슬쩍 옆으로 자리를 옮겨 앉아 과장된 행동으로 달래주면 되니까. 또 그런 여자가 쉽게 넘어왔다.

"뭐가 그렇게 궁금해? 공화국 얘기해 줘?"

순임이 굳은 표정을 풀고는 다소 냉소적인 목소리로 말했다.

"자아비판, 말 그대로 다른 사람들 앞에서 자신의 잘못을 공개적으로 말하는 기야. 하지만 그것도 어릴 적에 했던 기억밖에 없어. 그때까지는 학교라는 거에 가끔 갔거든. 공부는 아니 하고 나물 캐기 같은 노동에 동원되었지만. 그걸 하면 알게 되는 게 두 가지가 있어. 내 잘못뿐 아니라 남의 잘못도 눈에 들어온다는 거지.

사람이란 게 내 잘못을 말하다 보면 자꾸 핑곗거릴 찾게 되잖아. 핑계를 대려면 남의 잘못을 끌고 와야 하고. 학교에서는 하루가 멀다 하고 고자질과 지적질이 가득했어. 학급 동무들이 가자미 눈으로 서로를 헐뜯는 일에만 눈에 불을 켜고 있었다고 생각해 봐. 악귀가 따로 없어.

동무 한 명이 '내래 자아비판을 하러 나왔습네다.' 하고 자아비판을 시작해. '내래 오늘 김 아무개 집 부엌에서 강냉이를 훔쳐먹었습네다. 도둑질은 천하에 몹쓸 짓인 줄 압네다만, 그 김 아무개 집은 굶주리고 있는 인민을 속여 자기네 배만 채우는 개도야지 같은 반동입네다. 김 아무개네는 당장 처단시켜야 할 인민의 적입네다. 반동분자 김 아무개는 어서 나와서 자아비판하시라요.'

반동분자라고 지칭 받은 김 아무개는 나와서 자기네 강냉이가 많은 것에 대해 자아비판을 하는 동시에 반 동무 한 명을 올가미 씌워 악질 반동분자로 몰아가는 식이었어. 내가 다른 친구를 고발할 때는 그게 나쁜 짓이라는 잘 몰랐어. 하지만 매번 나에게로 화살이 날아오니까 알겠더라고. 자아비판 시간에 최고의 악질반동분자였던 사람이 바로 나였거든."

순임이는 북한 사투리를 써가며 나름 재미있게 이야기를 했다. 하지만 최고의 악질반동분자가 순임이었다는 말이 내 목에 걸렸다. 나는 우회하지 않기로 했다. 돌직구를 던져 보기로 했다. 그게 때로 지름길일 수도 있다.

"북한에서 어떻게 살았니? 단순히 궁금한 것만은 아니고 너에 대해서 알고 싶어서 그래. 큰할아버지 손녀도 아니라며?"

나는 궁금하다는 말을 곧바로 정정했다. 궁금하다는 말은 호기심을 동반한다. 개인의 삶 앞에서 타인의 호기심만큼 폭력적인 것이 있을까. 순임은 고개를 끄덕였다. 뜻밖에도 순임은 순응하는 면이 많았다. 무엇이 그녀를 그렇게 길들게 했던 걸까.

숨을 깊게 내뱉은 순임의 눈빛에 그늘이 깊어졌다. 이십 대 초반의 순임이 갑자기 십 년은 더 나이 들어 보였다. 산전수전 공중전을 다 겪어낸 사람의 고난이 묻어난 얼굴이었다.

순임은 함경북도 새별군 탄광촌에서 태어났다. '아버지 원수님'

이라고 부르는 김일성 주석은 순임이 태어나기 삼 년 전에 사망했다. 두 살 위인 언니와 아래로는 다섯 살 터울의 막내가 있었다. 어머니는 막내를 낳다가 죽고 말았다. 그때 순임은 고작 일곱 살이었다.

아버지는 함경북도 탄광 출신이었다. 그녀의 아버지의 아버지, 즉 할아버지는 43호였다. 43호라면 국군포로? 그렇다면 순임의 할아버지도 국군포로였다는 말이었다. 할아버지 출신 성분 때문에 순임의 가족은 평생 기를 펴지 못하고 살았다. 거기다 할아버지는 악질반동분자로 고발을 당했다.

북조선과 원수님을 비판했다는 게 이유였다. 누군가 그 사실을 당에 고발했고 할아버지는 평생 강제수용소에서 죽도록 노동을 하다가 생을 마감해야 했다. 그 때문에 순임의 가족은 학교에서나 동네에서나 항상 감시와 손가락질을 당하는 1순위 반동분자로 살아야 했다. 그런 탓에 탄광촌에서 노동으로 진폐증이 걸린 아버지도 성격이 점점 포악해졌고 손찌검을 일삼았다. 지금도 어머니 생각은 간절한데 아버지 생각은 눈곱만큼도 안 난다고 했다. 어머니 죽음도 아버지 매질이 원인이었다고 했다. 허약한 몸에 매까지 맞고 아이를 낳은 어머니 죽음은 예견된 불행이었다.

어머니가 죽고 얼마 안 있어 언니가 집을 뛰쳐나가 꽃제비가 되었다. 언니는 공부도 잘했고 영리했지만 43호 출신에 반동분자라는 낙인까지 찍혀 불만이 많았다. 집에 남은 순임과 막내는 천덕 꾸러기였다. 어머니 젖도 제대로 못 먹은 막내는 이름도 없었다. 그냥 '쟤, 애, 간나이'로 불렸다. 돌을 갓 넘겼을 때 열병을 심하게 앓았는데 아침에 일어나니까 윗목에 싸늘하게 식어서 꼼짝도 안 했다. 별로 슬프다는 감정도 없었단다. 매일 밤 칭얼거려서 귀찮았는데 외려 잘되었다는 생각마저 들었을 정도였다.

죽은 동생 얘기를 하던 순임의 눈이 빨개졌다. 말로는 전혀 슬 프지 않다고 했지만 아니었다. 곧 눈물이 흘러내릴 것 같았다. 나는 내심 기대했다. 우는 여자에게 약한 것이 남자다. 순임 옆 자리로 슬금슬금 다가가 눈물을 닦아주면 그녀의 머리가 자연스 럽게 내 어깨에 기대올 것이다. 나는 최고의 인내심을 발휘하며 그녀를 보듬어 줘야 하리라. 진도를 빼고 싶었지만 딱 거기까지 만 해야 한다. 남녀관계에서 오버는 금물이다. 오버하면 지는 게 임이다. 그런데 순임은 끝내 눈물을 흘리지 않았다. 이런, 내가 또 오버했다.

순임은 언제 눈이 빨개졌었나 싶을 정도로 냉소적인 표정으로 돌아왔다.

"아까도 이야기했지만 나는 어딜 가나 악질 반동분자였어…"
순임이 설 곳은 없었다. 거기다가 술에 취한 아버지에게는 순임이가 만만한 화풀이 대상이었다. 먹을 것이 없어도 때렸고 집이 지저분해도 때렸고 잠을 자도 때렸고 잠을 자지 않아도 때렸다. 순임이도 어쩔 수 없이 집을 나와 떠돌이 생활을 시작했다. 떠돌이 생활을 할 때 언니 꽃임을 만난 것이다. 그때는 꽃임이가 큰할아버지와 헤어진 시기였다고 했다.

그 후 순임이 탈북해서 하나원에 있을 때 큰할아버지를 만난 것이다. 순임의 귀에 큰할아버지의 이름이 꽂혔고 자연스럽게 언니 이야기를 나눌 수 있었다. 그렇다면 두 사람이 어떻게 할아버지와 손녀 사이가 된 걸까. 결국, 손녀가 아니라는 것은 알았지만, 가족처럼 지내게 된 경위는 두 사람 모두에게 아직 듣지 못했다.

"그래 맞아, 나 할아버지 손녀 아니야. 정작 그게 궁금했던 거니?"

내가 대답이 없자, 순임이 말했다. '외나무다리에서 원수가 만난 거지'라고. 큰할아버지도 똑같은 말을 했었다. 이제야 이야기가 시작될 시점이었다. 하지만 순임은 피곤한 얼굴로 먼 산을 바라보았다. 더 이상 말이 하기 싫은 낯빛이었다. 나는 두 사람의 관계가 궁금했지만, 다음을 기약하기로 했다. 남녀가 깊은 관계로 발전하는데 처음부터 너무 많은 것을 알게 되면 관계가 소원해질 수도 있는 법. 여지를 남겨놓는 것이 좋았다.

버스 정류장에서 순임이 탄 버스 뒤꽁무니를 멍하니 쳐다보았다. 깨달음은 한발 늦게 온다. 오늘의 만남이 순임의 진로를 걱정해서가 아니었다는 생각. 결국, 내가 순임을 보고 싶어 만든 하나의 구실에 지나지 않는다는 것. 그것을 곱씹으며 슬며시 비집고 나오는 사실 하나가 있었다. 그녀와 나는 이제 수많은 남녀관계의 확률에 자연스럽게 진입했다는 점이었다.

10
지가증권

　　　　　현관으로 가방이 떡하니 밀려 들
어왔다. 유치원생 아이 둘은 너끈히 들어갈 만큼 커다란 가방이
었다. 뒤이어 왜소한 큰할아버지를 충분히 찍어 누르고도 남을
배낭이 현관문을 막아섰다. 그 틈새에 순임도 양손과 등에 짐을
들고 지고 들어왔다. 느닷없는 일이었다. 우리 식구 누구 한 명도
거부하거나 반대 의사 표현을 할 사이가 없었다. 우리 식구는 아
연실색했다.
　큰할아버지가 현관에서 신발을 벗고 왼발을 막 거실에 올릴 때
였다. 순임 뒤에 아버지가 들어왔다. 짐 보따리 하나를 옆구리에

낀 아버지. 우리 세 식구는 아버지를 보는 순간 입이 더 벌어졌다. 또 아버지가 말썽인 걸까.

나는 어제 할머니와 엄마가 의기투합하는 대화를 들었다. 일부로 엿들으려고 했던 것은 아니었다. 두 사람이 하도 결의에 차 있어 목소리가 크고 높아서 내 귀에 자연스럽게 들렸을 뿐이었다.

"어미야, 너 아비 단단히 단속했지?"

"잘 모르겠어요. 여러 번 못을 박긴 했지만요."

"그래도 아비가 네 말이라면 좀 듣지 않느냐. 워낙 순해 터진 인사 아니냐."

"아이고 어머니! 어머니도 아드님을 아시잖아요. 아범이 은근히 고집이 세다는 걸."

"어쨌든 아비한테도 좋은 일은 아닐 텐데 아비도 생각이 있겠지."

"그렇겠지요. 아버님 기일에도 큰아버님이 하도 우겨서 우리 집에 모시고 온 거지 자기 뜻은 아니었다고 하더라고요."

"그럼 되었다."

"저는 재홍이를 못 믿겠어요. 그 녀석, 큰아버님과 함께 김포 다녀온 것도 영 꺼림칙하고요. 어머니나 저나 그 녀석한테 좀 캐물었나요? 뭘 아는 눈치 같은데 저렇게 시치미를 떼니 원. 제 자식이긴 하지만 재홍이도 정말 맘에 안 든다니까요. 여차여차하면서 자세히 얘기해주면 좀 좋아요. 이럴 때는 입 무거운 아들보다 재잘거리는 딸이 더 낫다니까요.”

“어미 너는 우리 최씨 집안의 귀한 장손을 두고 못하는 말이 없다. 설마 우리 장손이 이 할미 맘을 몰라 주겠냐?”

“그나저나 큰아버님은 재홍일 무슨 의도로 데리고 가신 걸까요? 공연히 고향 집에 가신 것은 아닐 테고요.

“난들 아니. 길을 모른다잖니. 그 양반 은근히 능구렁이라니까.”

“김포 빌라가 우리 소유라는 건 모르시겠지요?”

“알면, 지금 와서 어쩌라고? 그 양반, 나라로부터 받은 보상금도 쏠쏠하다면서? 그걸로 살면 되지. 이제 와 왜 우리 걸 넘보겠느냐? 암튼 나하고 어미는 두 남자 단속이라도 단단히 하자.”

“암요, 그래야지요.”

그런데 할머니와 엄마가 문제라고 생각하는 우리 집 두 남자 중 아버지가 지금 이 사태를 앞장선 모양새로 비칠 수밖에 없었다. 할머니 뒤에 서 있던 엄마가 총알같이 튀어나왔다. 엄마는 큰할아버지를 외면하고 아버지 손목을 휙 잡아끌었다. 백지장처럼 하얘진 엄마 얼굴에 새겨진 글귀는 명료하고 간결했다.

‘최근배, 너 오늘 죽었어!’

엄마는 아버지보다 세 살 위였다. 할머니만 모르는 우리 집 공공연한 비밀이다. 연상의 여자를 좋아했던 아버지는 할머니에게 엄마의 나이를 속이고 결혼 승낙을 받아냈다. 서른 중반에 가까운 아버지가 집에 처음으로 소개한 여자가 엄마였다. 노총각 외아들이 장가를 간다는 것에 반가웠던 할머니는 엄마의 진짜 나이를 신경 쓰지 않았다. 돌아가신 할아버지도 모르긴 마찬가지였다. 할아버지가 알았다고 한들 두 사람 결혼에 영향력을 행사할 분도 아니긴 했지만.

할아버지는 우리 가족에서 늘 열외인 분이었다. 하나뿐인 손자였던 나에 대해서 데면데면했던 탓에 나도 할아버지에 대한 잔정이 그다지 없었다. 한 집에서 이십 년 가까이 살았지만, 기억에 남을 만한 추억도 없었다.

할아버지는 큰할아버지의 전사 통지를 받은 그 옛날에 묶여 사는 사람이었다. 북한에 생존해 있다던 국군포로들 소식을 접하고 나서부터 그 증상은 날로 심해졌다. 눈은 공허했고 늘 허공을 향하고 있었다. 그 허공이 수십 년 전 그 날에 멈췄다는 것을 우리 가족은 모두 알고 있었다. 그래서였을까. 우리 가족은 할아버지의 시선이 멈춘 그 허공에 대해 알려고 하지 않았고 알고 싶지도 않아 했다.

우리 식구 중 그런 할아버지를 받아준 것은 아버지뿐이었다.

도돌이표만 가득한 악보처럼, 끊임없이 반복되는 할아버지의 레퍼토리.

"입영 통지를 받고 얼굴이 새하얘지던 형님 얼굴이 아직도 눈에 선해. 그때 형님 나이가 스무 살밖에 안 되었어. 전시에서 군인은 총알받이나 매한가지인데 누군들 사지로 끌려가고 싶었겠어. 1·4 후퇴로 아래로 피난을 가야만 했지만, 우리 식구는 발길이 떨어지지 않았어. 서울이 다시 탈환되고 전쟁이 막바지에 이르렀지만, 형님은 돌아오지 않았어. 동네 여기저기서 전사 통지가 날아와 집집마다 통곡 소리가 터져 나올 때마다 우리 식구는 가슴을 쓸어내려야 했어. 마침내 우리 집에도 올 것이 오고 말았지. 형님의 전사 통지서. 우리는 그걸 보고도 믿을 수가 없었어. 형님의 시신도 보지 못했는데, 그 종지 쪽지가 뭐라고. 그런데 우리 형님이 저쪽에 살아 있을지도 모른다잖아. 우리 형님이 무슨 잘못이야. 나라의 부름을 받은 죄밖에는 없잖아. 누가 말 좀 해봐. 말 좀 해보라고."

급기야 할아버지는 꺼이꺼이 울었고 우리는 각자의 방으로 들어가서 못들 척 안 들은 척했다. 끝까지 붙들려 앉아 있었던 사람은 아버지였다. 그럴 때마다 세 살 위인 김미애 여사는 남동생 다루듯, 최근배 씨에게 한바탕 바가지를 긁었을 게 분명했다.

할아버지가 돌아가시자 김미애 여사는 그런 일로 최근배 씨를 닦달하는 일이 뜸해졌다. 그런데 오늘 최근배 씨가 김미애 여사한테 된통 당할 상황을 만든 것이다. 엄마는 아버지를 확 낚아채 주방으로 갔다. 안방으로 직행해서 담판 지어도 될 일을 굳이 주방에서 하는 이유는 뻔했다. 며느리 입장에서 어른들 앞에 대놓고 말하기보다는 부엌에서라도 간접적으로 의사를 밝히겠다는 뜻일 것이다.

"당신 미쳤어!"

김미애 여사가 뱉은 첫마디였다. 시집 식구 따위는 아랑곳하지 않겠다는 노골적이고 직접적인 표현이었다. 내가 다 움찔했다. 목소리도 한껏 죽이는 척만 했지 거실에 있는 사람들이 충분히 들을 수 있는 소리였다. 초장부터 김미애 여사가 기선제압은 확실히 한 셈이었다.

"내가 뭘?"

목소리는 기어들어갔지만, 턱을 앞으로 쭉 내밀고 옆구리에 두 팔을 걸친 아버지의 기세도 만만치 않았다.

"당신 정말 이럴 거야?

엄마는 반말로 일관했다. 시집올 때 나이를 속인 열등감 탓일까. 여태껏 엄마는 시어른 앞에서 아버지에게 꼬박꼬박 존댓말을 써왔다. 그런데 이렇게 대뜸 반말한다는 것 자체가 일종의 경고였다. 뿔난 실세의 경고는 집안에 작지 않은 파장을 몰고 올지 모른다.

우리 집 판세는 어느새 할머니에서 엄마에게로 이동 중이었다. 실세의 과도기가 정확하게 언제부터였는지는 잘 모르겠다. 할아버지가 돌아가시기 전까지 우리 집 실세는 누가 뭐래도 할머니였다. 그 윗대 증조부모가 기울어가면서 할머니가 차지한 자리였으니 그 역사도 만만치 않았다. 집안 대소사와 살림을 두루 이끌어 온 할머니인 만큼 실세를 잡은 것은 당연했다.

그 여파는 아버지의 인생까지 미쳤다. 중장비 기사 자격증을 따게 하는 데 지대한 영향을 끼친 사람도 할머니였고, 화물차와 굴삭기를 사는 데 쌈짓돈을 내놓은 것도 할머니였다. 또 고향 전답을 팔아 서울로 올라오면서 김포 집터에 빌라를 짓자고 한 것도 할머니였다. 매달 거기서 나오는 집세는 꽤 됐고, 엄마의 입도 저절로 벙긋 벌어졌다.

그렇게 절대적인 위치에 있던 할머니의 '끗발'이 힘을 못 쓰게 된 게 언제부터였을까. 가만히 기억을 더듬어보면 할아버지 장례를 치르고 김포 땅을 팔아 서울 변두리 삼십팔 평형 아파트로 이사를 오면서부터였던 것 같았다.

처음에 엄마는 실세인 할머니 옆에 나란히 등극하고자 호시탐탐 기회를 엿보았다. 그러는 사이 두 사람은 잡다한 갈등을 겪었다. 자리를 빼앗기지 않으려는 할머니와 그 자리를 야금야금 치고 들어온 엄마. 어느 순간부터 할머니는 곁을 내주고 있었다. 어쩌면 할머니가 당신 시부모에게 한 일을 엄마가 답습하고 있다는 사실을 알고 선선히 내준 걸지도 모르겠다.

"난 이제 힘없다."

할머니가 엄마 앞에서도 선언한 말이었다. 할머니 나름의 백기였다. 우리 식구는 할머니의 그 말을 '쉬고 싶다'는 표현으로 받아들였다. 할머니의 백기에 엄마도 힘을 뺐다. 갈등의 시대가 지나고 드디어 이해와 화해의 시대가 도래했는데, 갑자기 큰할아버지가 전면 등장한 것이다.

"내가 뭘 어쨌다고?"

아버지는 아예 배 째라는 식이었다. 어떻게 보면 세 살 위인 누나한테 박박 기어오르는 철없는 남동생이 되기로 작정한 말투 같기도 했다. 턱을 앞으로 내밀고 배까지 들이댔다. 무감각하고 사람 좋은 아버지의 성격을 늘 마땅치 않아 하는 엄마는 아버지의 튀어나온 배를 매우 싫어했다. 게으르고 나태해서 뱃살만 키운다고 했다. 그럴 때 아버지는 엄마 앞에서 배를 홀쭉하게 해 보이는 시늉을 하며 아부를 떨기도 했었다.

"당신 이렇게만 해 봐!"

"내가 뭘?"

아버지가 슬슬 말꼬리를 흐렸다. 누나한테 투정하는 남동생 버전으로 사태를 수습할 수 없음을 인식한 탓일까. 김미애 여사의 완승 무패의 고지가 코앞이었다. 이 기세로 몰아붙인다면 큰할아버지와 순임의 짐이 현관 밖으로 나가는 일은 시간문제일 것 같았다. 물론 할머니가 엄마를 적극적으로 도와 가세를 한다는 전제에서 말이다.

"시끄럽다. 너래 어른들 앞에서 이게 뭐하는 짓이지비? 조용히 하지 못하간!"

목소리 주인공은 큰할아버지였다. 할머니를 제치고 집안을 호령하는 큰할아버지의 당당함에 나는 입이 벌어졌다. 차마 말은 하지 못했지만, 할머니 얼굴도 붉으락푸르락했다. 큰할아버지 일침으로 아버지와 엄마의 불꽃 튈 싸움은 시작도 하기 전에 잦아들었다. 그게 신호탄이라도 된 듯이 순임이 거실에 널브러져 있던 짐들을 번쩍 들어서 소파에 부려놓았다.

"물 한잔 내와라."

큰할아버지가 거실에 앉아서 말했다. 누구 하나 일어설 기척이 보이지 않았다. 뒤통수가 따가웠다. 엄마의 시선 때문이었다. '자존심이 구겨진 이 마당에 내가 해야겠니.' 엄마의 눈빛은 이렇게 말하고 있었다. 홈그라운드 이점을 십분 활용해서 아버지를 포함

한 시집식구에게 한 방 먹이려다가 된통 당한 엄마였다. 이 상황에서 큰할아버지에게 물까지 떠받치는 것은 김미애 여사 자존심의 허용치를 넘어서는 수위일 것이다.

나는 마지못해 일어나서 물 한 잔을 큰할아버지 앞에 대령했다. 큰할아버지는 물 한 잔을 단숨에 들이켰다. 길게 트림을 하고 바닥에 컵을 탁 소리 나게 놓았다. 내 귀에는 전반전이 종료되었음을 알리는 휘슬로 들렸다.

할머니는 머리를 절레절레 흔들었다. 과거 여장부였던 할머니가 나설 차례일까. 소파에 잔뜩 쌓인 짐들은 큰할아버지와 순임이 우리 집에 살겠다는 최후통첩과 다르지 않았다.

"이 짐은 뭔가요? 이게 무슨 경우랍니까? 대체 우릴 뭐로 보고."

할머니가 큰할아버지를 향해 강한 어조로 따졌다. 아버지와 엄마도 거실에 자리를 잡고 앉았다. 순임도 큰할아버지 옆으로 바짝 다가와 앉았다. 어중간하게 서 있던 나도 아버지와 엄마 곁 가까운 쪽으로 다가갔다. 여섯 명은 거실바닥에 삥 둘러앉았다. 사대 이였다. 쪽수로는 우리가 우세했다. 하지만 소파에 널브러진 짐을 보니 쪽수를 이겨 먹기 충분했다. 어쩐지 쪽수 4인 우리가 쪽수 2에 하릴없이 밀리고 있다는 생각이 들었다.

"당분간 여기서 기거 좀 하겠습네요. 그리 아시라요. 제수씨."

가히 폭탄에 가까운 발언이었다. 거두절미하고 들이대는 큰할아버지는 초지일관 당당했다.

"정부로부터 받은 임대아파트는 어쩌고? 거기서 산다고 했잖니."

이번엔 엄마가 나섰다. 순임에게 묻고 있었지만 실은 큰할아버지를 겨냥한 말투였다. 큰할아버지는 아는 사람에게 빌려주면서 월세를 받기로 했다고 말했다. 그러면서 아버지에게 바통을 넘겼다. 아버지가 우리 집에 들어오라고 허락을 했다는 것이다. 그렇다면 지금 이 사태의 배후가 아버지였단 말인가. 하긴 아버지도 짐 보따리 하나를 들고 들어왔으니까.

"어쩌겠어. 사정이 그렇게 되셨다는데."

아버지가 입맛을 쩝쩝 다시며 딴청을 피웠다. 그때 '아야!' 하는 아버지 비명이 들렸다. 옆에 앉아있던 엄마가 아버지의 허벅지를 꼬집어 비틀었던 것이었다.

"아이고, 내 복장이야!"

할머니는 움켜쥔 주먹으로 명치를 쓸어내렸다.

큰할아버지는 몇 번 헛기침만 했다. 그러더니 안주머니가 있는 점퍼 앞자락을 쓰다듬었다. 그 속에 무엇인가 있다는 것을 강조하려는 모습이 역력했다. 무려 반세기에 십여 년을 더한 오랜 세월 동안 감나무 아래 봉인되어 있다가 비로소 세상의 빛을 본 그것일 것이다. 내 눈으로 똑똑히 확인하진 않았지만, 그것이 분명했다. 그 모습을 힐끗 쳐다보던 할머니가 살짝 어깨를 움츠렸고 엄마는 마른 침을 삼켰다.

김포에 갔던 날 나는 문제의 그 종이가 파장을 몰고 올 거라고 예상했었다. 큰할아버지는 천천히 지퍼를 끌어내렸다. 오월에 입기에는 후텁지근해 보이는 간절기 체크무늬 점퍼였다. 열 개의 눈동자가 일제히 큰할아버지의 손끝만을 쫓았다. 그럴수록 큰할아버지의 행동은 슬로우 모션의 한 장면처럼 느릿느릿하기만 했다. 아니 우리가 그렇게 느끼고 있었는지도 모른다. 엄마는 초조한지 입술을 잘근잘근 씹었다.

어느새 큰할아버지의 오른손이 점퍼 왼쪽 안주머니로 깊숙이 들어갔다. 공연히 나도 목이 탔다. 내가 목이 타야 할 이유가 있을까. 나도 지금 큰할아버지가 우리 앞에 꺼내 놓으려는 그것을 알고 있었다. 최씨 집안 어른의 유언을 증명할 무엇이라는 것쯤은 말이다.

하지만 지금은 할아버지도 돌아가신 마당이지 않은가. 할아버지와 할머니 사이가 급격히 벌어진 근본적인 이유도 바로 그것이었다. 할아버지의 유언은 단 한 가지였다. 우리 식구 누구도 콧방귀도 뀌지 않을 유언이었지만 말이다. 그런 터에 그 유지에 대해 아무도 신경 쓰지 않았다.

그런 우리 앞에 나타난 큰할아버지는 할아버지 유언을 실천하도록 우리에게 강요하고 있었다. 죽은 자가 산자의 목을 조르기 위해 온 망령이 큰할아버지인 것만 같았다.

　우리는 숨죽인 채 큰할아버지의 손에 딸려 나온 그것을 우두
커니 바라봤다. 바로 그 누런 종이었다. 슬쩍 보기에도 세월이 만
만치 않게 느껴졌던 그것. 그것을 보는 표정은 제각각이었다. 갑
자기 고개를 빳빳이 곧추세운 순임의 치뜬 눈이 우리를 내려다보
는 것이 느껴졌다. 할머니는 눈이 커지는가 싶더니 그걸 넘겨보
느라고 목을 길게 뺐다. 그러고는 눈을 감아버렸다. 직시하고 싶
지 않은 현실을 맞닥뜨리기라도 한 사람의 전형적인 모양새였다.
엄마는 두 손바닥을 펴고 얼굴을 가렸다. 아버지는 웅숭그리고
앉아 애먼 마루만 손톱으로 긁고 있었다.
　집안의 길흉화복이 걸린 일촉즉발의 상황에서도 내 눈은 순임
을 향하고 있었다. 수컷의 본능을 어찌하겠는가. 오뚝한 콧날 아
래 인중 선이 선명한 입술을 바라보면서 괜스레 침을 삼킬 건 뭐
람. 이제 순임과 한 공간에서 생활하게 된다는 생각에 얼굴까지
붉어졌다.
　"자아, 눈이 있으면, 다들 보시라요. 내래 군대 가기 전에 이걸
고향 집 뒷마당 감나무 밑에 묻어 두었단 말이지비. 너무 깊이 묻
어 두어서 파헤치느라고 애를 좀 먹긴 했지만서두."
　나는 순간 입을 삐죽거렸다. 큰할아버지가 무슨 애를 썼다고

저러시나. 내가 삽질하느라고 생고생을 했는데 말이다. 아무튼, 감나무 아래를 파헤쳐서 가지고 온 그것의 정체가 밝혀질 차례였다. 저 종이의 실체가 큰할아버지의 위세를 저리도 당당하게 만들고 있다.

무턱대고 남의 집에 밀고 들어 온 사람의 행세가 아니었다. 대추 씨 같이 조그맣고 단단한 몸체에 꽉 짜놓은 오이지를 연상시키는 얼굴. 바늘 하나 들어갈 틈새도 없이 야무지고 단단해 보였다. 거기다 뭔가 쉽사리 범접할 수 없는 근엄함이 발산되었다. 저 종이의 위력이 정말로 그렇게 대단한 것일까. 그렇게 오랜 세월이 지났는데도 말이다. 나는 머리가 어지러웠다.

우리 가운데 딱 펼쳐진 누런 종이는 세월의 흔적을 고스란히 지니고 있었다. 색종이 두 배만 한 종이는 네 귀퉁이가 불에 그슬린 듯 가무스름했다. 가운데 반 접힌 자국에는 종이 거스러미가 일어 인쇄된 글씨가 흐릿했다. 우리 식구는 약속이라도 한 듯 그것을 가까이 들여다보지 않았다. 얼핏 보기에도 자잘한 한문투성이였다.

"그것이 뭐시라고 지금 우리 앞에 내놓은 것입니꺼?"

할머니가 입을 앙다물고 쏘아붙였다. 고향 방언을 잘 쓰지 않는 할머니 입에서 사투리가 섞여 나왔다. 할머니는 많이 당황한 것 같았다. 일부로 '아주버니'라는 호칭은 생략한 듯했다.

"제수씨가 글자 속이 영 짧으시고만. 야 순임아, 너래 한 번 읽어봔. 여기 뭐라고 적혀 있는지 말이다."

"지가증권地價證券."

순임은 역시 자동인형이었다. 그 종이를 조심스럽게 펴들고 큰소리로 읽는 걸 보면 말이다. 지가증권. 그 문서의 명칭이었다. 큰할아버지는 그 종이의 내력에 대해서 천천히 말을 하기 시작했다. 우리 식구는 무엇엔가 홀린 듯 큰할아버지의 이야기를 잠자코 듣기만 했다.

입대하기 전날이었단다. 큰할아버지의 아버지가 조용히 불렀다. 그는 결의에 차있는 표정이었다. 집 재산을 장남인 큰할아버지에게 맡길 거라고 했다. 그러더니 큰할아버지 앞에 서류 한 장을 건네주었다. 해방되었을 때 나라에서 준 문서였다. 그 문서가 바로 감나무 아래에 파묻혀 있던 그것일까. 내 궁금증과는 아랑곳없이 큰할아버지의 이야기는 계속되고 있었다.

처음에 큰할아버지는 거부했다고 했다. 전쟁 중에 목숨이 어떻게 될지 아무도 알 수 없는데, 그것을 몸에 지닌다는 것이 부담스러웠던 것이었다. 큰할아버지가 싫다고 하자 큰할아버지의 아버지는 완강하게 고개를 내저었다. 그러고는 그 문서에다 큰할아버지 이름 석 자를 써주고는 힘주어 말했다.

"죽어도 살아 돌아 오거라. 만약 네가 죽어도 이것은 네 몫이다. 혼이라도 되어 돌아와서 우리 집 장남으로 식솔을 돌보고 집 안을 반드시 일으켜야 하느니라."

눈에 핏발이 곤두선 부친의 말에 큰할아버지는 더 이상 거절할 수가 없었다. 그걸 옷 안에 깊이 넣는 순간 마음가짐이 새로워졌다. 그제야 부친의 뜻을 알 수 있었다. 그것은 큰할아버지 생명을 지키는 부적과도 같은 증표로 작용할 수 있으리란 걸. 큰할아버지는 그걸 몸에 지니고 군대에 입대할 요량이었다. 그러나 다음 날 새벽 생각이 바뀌었다. 아무도 모르게 집 어딘가에 놔두고 가야지만 꼭 돌아올 수 있을 거라는 확신이 들었단다. 집 안 어딘가가 바로 감나무 밑이었다.

우리 쪽에서는 섣불리 입을 여는 사람이 없었다. 할머니는 망연자실한 표정이었고 엄마도 눈동자가 반쯤 풀어져 있었다. 4:2 라는 판세는 단번에 뒤집혔다. 큰할아버지의 오이지 얼굴에 주름이 몇 겹이 졌다. 곧이어 너털웃음이 터져 나왔다.

"제수씨, 똑똑히 좀 보시라요. 이것이 바로 내 명의로 된 지가증권이라는 문서입네다. 여기 적혀 있지비요. '최수만'이라고. 우리 선친 필체 맞지라요."

문서 말미에는 '농림부장관農林部長官'이라는 한자와 함께 큼지막한 네모 도장이 찍힌 게 눈에 확 들어왔다. 그 옆에는 '단기 4283년'이라는 한자도 흐릿하게 보였다. 그 순간 할머니가 옆으로 쓰러졌다.

"앗, 어머니!"

먼저 아버지가 비명을 질렀다. 엄마도 새하얀 얼굴로 곧 쓰러질 듯 보였지만 용케도 버텼다. 그 와중에도 큰할아버지는 유유히 그 종이를 반으로 조심스럽게 접어 안주머니에 챙기는 걸 잊지 않았다.

11

거지필반

         옳고 그른 것을 떠나, 가장 큰 피해자는 나였다. 내가 큰할아버지와 한방을 쓰게 됐다. 엄청 부당하다고 생각했지만, '악' 소리 한 번 못 냈다. 큰할아버지와 순임이 우리 집에 들이닥쳤을 때도 전혀 예상 못 한 일이었다.

  변두리이긴 하지만 명색이 삼십팔 평인 아파트는 방이 네 개였다. 김포에 있던 집은 지금 아파트에 비하면 거의 창고 수준이었다. 할머니가 시집오기 전부터 살았다는 집이니 지은 햇수조차 정확히 알 수 없었다. 몇 차례 대대적으로 보수공사를 했지만, 워낙 낡은 집이다 보니 공사비도 만만치 않았고, 돈을 들여도 티가 나지 않았다.

　장마철에 부엌과 다락 천장이 새어 수리하면, 겨울에는 쌓인 눈이 녹아 벽마다 물기가 흥건해 벽지가 찢어지기 일쑤였다. 갑자기 전기가 끊어져서 누전사고를 염려해야 했고 엄마는 부엌에서 기어 나온 쥐 때문에 놀란 적이 한두 번이 아니었다. 한 번은 삐거덕거리던 마루 한 귀퉁이가 무너져 내려 할머니가 엉덩이를 다쳐 고생한 적도 있었다.

　나도 예외는 아니었다. 학교 다닐 때 친구를 집으로 데리고 온 적이 거의 없었다. 멋모르고 초등학교 친구를 한 번 데리고 왔다가 다음날부터 나는 반 아이들로부터 '거지'라고 놀림을 받았다. 엄마가 자식을 나 한 명만 낳고 단산한 이유도 그 때문이었다. 그런 집에서 다시는 아기를 키우고 싶지 않았던 것이었다.

　백오십여 평 대지에 삼십 평 남짓 들어앉은 건물을 싹 헐어버리고 새집을 지을 궁리를 해보기도 했다. 그러나 우리 집 형편으로는 엄두가 나지 않는 일이었다. 나중에 엄마는 월세를 살아도 좋으니 이사를 가자고 아버지와 할머니한테 조르기도 했다.

　"하이고, 너희 시아버지한테 얘기해봐라. 여드레 삶은 호박에 이도 들어가지 않을 테니."

　할머니의 답변이었다. 꼭 할머니가 말하지 않았어도 우리 식구는 알고 있었다. 우리가 그 집을 떠나지 못하는 이유는 딱 하나였으니까. 할아버지의 부모님, 나한테는 증조부와 증조모의 유언 때문이었다. 증조모가 남긴 유언을, 일 년 후 눈을 감은 증조부도 토씨 하나 바꾸지 않고 그대로 되뇌었다.

우리 집에서 그 유언을 들은 사람은 나만 빼고 네 사람이었다. 갓 시집와서 층층시하가 어렵기만 했던 엄마도 맨 윗목에서 머리를 조아리고 증조부의 유언을 똑똑히 들었다.

"느그 형이 죽지 않고 이북에 살아 있을지도 모른다잖니. 통일되어 느그 형을 찾아올 그때까정 이 집을 절대 떠나지 마라. 천에 하나 만에 하나라도 저쪽에서 죽었다는 연락이 오더라도 떠나지 마라. 혼이라도 되어서 집을 찾아올 것이니까."

여기서 '느그 형'이란 바로 큰할아버지를 이르는 말이었다.

조부모님이 차례로 돌아가시기 몇 년 전이었다. 6·25 전쟁 때 국군포로들이 이북에서 살고 있다는 어느 귀순용사의 증언은 충격이기 이전에 단 한 줄기의 빛이었다. '국군포로'는 그때까지 생소한 단어였다. 그 이후로도 망각해버린 단어였다. 하지만 전쟁에서 생때같은 아들 생사를 달랑 전사통지로 전해 들은 가족에게는 무심히 흘려들을 수 없는 말이었다.

증조부모님은 그 말을 확신했고 할아버지는 오직 그 일에만 몰두했다. 큰할아버지가 살아있지도 모른다는 사실을 우리 가족은 반신반의했지만, 할아버지에게는 일생일대의 신념이 되었다. 추

측은 신념으로 굳혀졌고 결국 사실로 확인되었다. 할아버지가 여러 방면으로 알아본 결과 브로커를 통해 큰할아버지와 접촉을 시도할 수 있었다.

할아버지도 당신 부모님과 똑같은 유언을 했다. '느그 형'에서 '우리 형'으로 명칭만 바뀌었을 뿐이었다. 유언은 그것만이 아니었다. 큰할아버지가 김포 땅의 엄연한 상속자라는 것도 빼놓지 않았다. '끗발'로 보자면 '개 끗발'이 된 할아버지의 유지를 아무도 받들지 않았다는 게 증조부모님 때와는 달랐지만 말이다. 증조부와 증조모의 한 서린 유언에 눈물을 머금은 채 목숨이 다하도록 유지를 받들겠다고 맹세한 사람은 할아버지 한 사람으로 충분했다. 할아버지의 간곡한 유언에도 할머니와 엄마는 머리조차 까딱거리지 않았을 게 분명했다.

할아버지는 큰할아버지와 계속 접촉하면서 탈북을 도왔고 드디어 중국에서 형제가 상봉하게 되었다. 큰할아버지의 입국 날만을 손꼽아 기다리던 할아버지는 지병으로 쓰러져 병원에 입원했다. 큰할아버지의 입국이 늦어지자 할머니와 엄마는 그 일이 아예 어그러지기를 두 손 모아 빌었을 것이다. 하지만 집안의 배반자는 늘 있기 마련이라서 아버지가 그 역할을 담당했다.

아버지는 할아버지의 여윈 손을 두 손으로 감싸며 머리를 조아렸다.

"근배야, 우리 형 좀 부탁해. 내가 죽더라도 내가 못한 일을 네가 해야 한다."

"암요 아버지. 걱정하지 마시고 편안하게 가세요."

할아버지는 편안하게 눈을 감았다. 두 부자의 눈물겨운 장면에 할머니는 꼭 쥔 주먹으로 아버지 뒤통수에 을러댔고, 엄마는 할머니 모르게 흰자위가 드러나도록 아버지에게 눈을 흘겼다.

그때나 이때나 나는 방관자적인 입장이었다. 큰할아버지 안주머니에 고이 모셔진 '지가증권'. 우리 식구를 단 한 번에 무너뜨린 문서 한 장의 출처를 내가 알고 있었는데도 식구들에게 귀띔조차 하지 않은 것이 못내 꺼림칙했다. 김포 다녀온 날 갈팡질팡하다가 닷새의 날짜가 흘러가 버렸다. 내가 줄을 서야 할 노선을 정하지 못한 어정쩡함에는 양심의 목소리가 한몫했다.

나로서 우리 식구 편에 서야 하는 것은 당연했다. 그러나 큰할아버지에게 완전히 등을 돌린다는 것이 몹시 불편하고 개운치 않았다. 어쩌면 내가 그토록 강조하고 주장해왔던 불합리와 불편함은 같은 것이 아니었을까. 그 밑자락에는 양심에 기댄 도덕적인 마음이 떡하니 자리했던 것일지도 모르겠다. 그렇다고 이렇게 막무가내로 우리 집에 밀고 들어온 큰할아버지의 처사도 결코 합리적이라고는 할 수 없다는 생각이 들었다.

"내래 알아본 바로는 이 집 재산이 꽤 나가는 거로 안다. 내래 이름으로 된 땅뙈기를 팔아서 이 집도 장만했고 김포 빌라도 있는 거 아니지비. 이만하면 남한에서도 행세하며 살만하지비. 기래니까 내래 권리주장을 할 수 있는 것 아니지비? 여그가 내래 집이나 마찬가지인데, 다 늙은 내래 뭐하러 임대아파트에서 지내느라 궁상을 떨겠나? 내래 너그한테 당장 여기 재산을 팔아서 돈을 해달라는 것도 아니고. 늙은 몸이나 위탁할 테니까 기래 알란!"

큰할아버지는 아버지에게 당당히 선언했다. 나는 그 순간 김포 빌라의 인심 좋았던 노인이 생각났다. 그날 큰할아버지가 화장실을 쓰겠다고 한 것은 순전히 핑계였던 걸까. 그 집에 들어갔을 때 노인이 큰할아버지에게 귀띔한 모양이었다.

큰할아버지는 임대아파트에 누구를 들였는지 또 매달 얼마를 받는지에 대해서는 일절 언급하지 않았다. 마치 임대아파트의 권한이나 정부 보상금이 우리와 상관없는 일이라고 선을 긋고 있는 것 같았다. 누구도 이의를 제기하지 못했다. 말 그대로 '찍소리 한 번 못해'본 것이다. 더군다나 방이라도 없으면 핑계라도 될 수 있으련만 남는 방이 있는 마당에 꼼짝할 수가 없었다.

이상하고 거북한 동거가 시작됐다. 따라서 방 분배가 시급했다. 화장실이 딸린 안방은 부모님 방이었다. 현관에 들어서면 바로 화장실인데, 그 왼쪽을 끼고 돌면 할머니 방이었고 거실에서도 방문이 보였다. 그 방이 할머니 방이 된 이유는 두 가지였다. 첫째는 화장실이 제일 가깝다는 점이었고 다른 하나는 안방과 거리가 있는 방이기 때문이었다. 혹시라도 안방에서 엄마와 아버지가 다투는 일이 있더라도 할머니 방까지 들리지 않겠다는 엄마의 저의가 숨겨져 있었다.

내 방은 안방 맞은편에 있다. 처음에 나는 현관에서 가장 가까운 화장실 맞은편 방을 달라고 했다. 이유는 간단했다. 술이 떡이 되어 들어온 날에 현관에서 바로 들어와 시치미 떼기에 딱 적당했으니까. 그러나 내 계산은 엄마의 레이더망에 걸려 무산되고 말았다. 엄마는 안방 맞은편 방에 내 가구를 재빨리 배치했다.

이렇게 따지면 빈방이 하나 남았다. 내가 쓰려고 하다가 무산되어 버린 방이자, 현관에서 가장 가까운 곳에 있는 방. 큰할아버지가 순임과 함께 무작정 짐을 싸들고 쳐들어올 수 있었던 것도 내심 그 방을 믿었던 탓인지도 몰랐다.

우리 집을 처음 방문한 날, 그 방을 열어보고 큰할아버지가 나한테 물었던 기억이 선명했다.

"이 방은 누구 방이지비?"

"그냥 빈방이에요."

할아버지의 말에 나는 아무 생각 없이 냉큼 대답해 버리고 말았다. 어리석고 순박한 아버지는 큰할아버지에게 대뜸 그 빈방을 언급했을 수도 있다. 어쨌든 큰할아버지가 그 빈방을 차지하고 나면 좋든 싫든 순임이 할머니와 같이 방을 쓰게 된다는 것은 빤한 이치였다. 그런데 할머니가 발 빠르게 상황을 역전시키고 말았다.

"느들 알지. 난 누구랑 같이 방 쓰는 거 딱 질색이다."

할머니는 그 말을 남기고는 손바닥을 탁탁 털었다. 할머니는 '지가증권' 때문에 잠깐 정신을 잃었던 사람 같지 않았다. 방 한 칸을 사수하려는 할머니의 의지에 나의 머리가 저절로 숙여졌다. 할머니의 말은 사실이었다. 할아버지가 살아 있을 때도 거의 한 방을 쓰지 않았으니까. 그때 할아버지는 거의 내 방에 계셨다.

큰할아버지와 순임이 들어와 살게 된 것은 기정사실화되어 버렸다. 빼도 박도 못하게 결정된 사실에 가타부타하지 않는 것이 할머니 성격이기도 했다. 방 문제가 복잡해졌다. 그 순간 드는 생각이 내 머리를 전광석화처럼 때렸다. '그럼 나와 순임이가 한 방에 기거해야 한다는 말이 되나?'라고 말이다.

나는 더 앞서 나가고 있었다. 식구들은 나와 순임이 육촌지간이라고 알고 있다. 고로 순임을 내 침대에서 자게 하고 나는 바닥에서 자면서 잠든 순임의 얼굴을 볼 수 있겠다는 데까지 생각이 쭉쭉 뻗었다. 같은 남자니까 내가 큰할아버지와 방을 함께 쓸 거라는 생각을 했어야 마땅했다. 그런데도 그런 터무니없는 꿈을 꾼 걸 보면 내가 미친 게 분명했다.

순임은 잰 몸을 일으켜서 짐을 나누었다. 자기 짐은 비어 있는 방으로 큰할아버지 짐은 내 방으로 옮겼다. 순식간에 처리된 일 이었다. 우리 식구는 단기 4283년 농림부 장관 직인이 찍힌 농지 증권 한 장에 완전히 참패를 당하고 기약 없는 패자 부활전의 기 회만 엿봐야 했다.

큰할아버지는 지가증권에 대해서 재론하지 않았다. 하지만 안 주머니에 다시 고이 접어놓은 걸 보면 필요할 때 다시 꺼내 보일 수 있다는 암시가 다분했다. 우리 식구도 그 문서에 대해 자세히 묻길 꺼렸다. 할머니조차 당신 방을 굳건히 사수하는 것으로 마 지노선을 지켰을 뿐이었다. 할머니가 그러할진대 어느 누가 섣불 리 큰할아버지의 누런 종이에 정면 돌파할 수 있겠는가.

내가 할 수 있는 일이라고는 스마트폰을 적극적으로 활용하는 것밖에 없었다. 스마트폰으로 '지가증권'을 입력했다.

지가증권은 농지개혁 때 3정보(약 9천 평) 이상의 농지를 소유하 고 있다가 몰수된 사람에게 토지 보상을 위해 교부된 증서이다.

이 증권을 가진 사람이 5년에 걸쳐 땅값을 보상받을 수 있게 해 놓았다. 그런데 곧이어 일어난 6·25와 인플레이션 등으로 많은 지주들이 지가증권을 그냥 헐값에 넘긴 경우가 많았다.

  검색된 내용을 손가락으로 화면을 올리며 빠르게 읽었다. 큰할아버지가 갖고 있었던 문서는 1950년에 작성된 것이었다. 기록된 단기 4283년에서 2333년을 빼면 그랬다. 그렇다면 증조부모님이 농사짓던 토지 말고도 나중에 나라로부터 받은 땅이 더 있다는 뜻이 된다. 물론 헐값이라고 했지만, 그중 땅값을 제대로 받은 사람도 있었는지도 모르는 일이었다. 그렇다면 현재 우리 집 재산이 지가증권으로 받은 땅도 한몫했다는 결론에 도달한다.
  농지개혁이 언제 있었던 걸까? 의문이 들었다. 6·25가 거론되는 걸 보면 그 이전이라는 것을 알겠는데 정확히 알고 싶었다. 인터넷의 장점이면서 단점이었다. 어떤 사실에 대해 정보를 습득했을 때 그 안에 담긴 또 다른 정보에 대해 궁금증이 일게 한다. 이것이 인터넷 서핑의 일반적인 현상이었다.
  뭐 어쨌든 나는 불합리는 견뎌도 불편함과 궁금함은 못 참는 세대가 아닌가. 스마트폰에 '농지개혁'이라는 단어를 쳤다. 일목요연하게 뜨는 정보들에 내 손가락은 화면을 올리거나 확대하느라고 바빴다.

농지개혁법

① 1949년 제정 공포
② 일본인의 토지를 국가가 몰수하여 농민에게 무상분배
③ 유상 매수한 농지에 대해서는 지가증권을 발급해서 5년간 지급
　　토록 했다.

　나는 이쯤에서 검색을 멈췄다. 큰할아버지가 자그마치 육십육
년 동안이나 감나무 아래 묻어둔 저 낡은 종이는 일제 침략기 때
일본에 의해 강탈당했던 토지를 농민에게 돌려준다고 약속한 문
서였다. 이른바 땅문서였다. 증조부모님은 돈이나 마찬가지인 그
문서를 전시에 끌려가는 큰아들의 품에 넣어준 것이었다. 할아버
지와 연락이 통했을 때 큰할아버지가 탈북을 감행할 수 있었던
가장 큰 이유이기도 했다.
　나는 다시 스마트폰을 열어 그에 관한 여러 가지를 검색했다.
오래된 지가증권을 가지고 있는 사람에게 그 땅을 찾아주는 사
이트도 있었다. 공연히 가슴이 철렁 내려앉았다. 할머니가 큰할
아버지의 존재 자체를 끝끝내 마뜩잖아했던 이유가 바로 이것이
었구나 하는 생각이 들었다. 할아버지가 돌아가시자마자 우리 식
구가 김포 땅을 처분하고 서울로 올라온 이유도 바로 이것이었던

것을 깨달았다.

육십육 년이 지난 지금 누런 종이 한 장이 법적 효력을 발휘할 수 있느냐, 없느냐가 중요한 것은 아니었다. 도의적인 부분에서 완전히 자유로울 수 없는, 그래서 더욱 껄끄러운 무엇이 큰할아버지와 우리 가족 사이에 두껍고도 높은 벽을 만들고 있었다.

사실상 큰할아버지가 구체적으로 재산의 소유권을 주장한 것도 아니었다. 그런데도 지가증권은 우리 식구에게 손톱 밑에 깊숙이 박힌 큰 가시처럼 따끔거렸다. 파내려고 하면 할수록 더 깊숙이 박혀 이제 거의 눈에 보이지도 않았지만, 여전히 온 신경을 거스르게 하는 가시.

우리와는 반대로 큰할아버지에게 그 문서는 일종의 보호색이었고 갑옷이었던 걸까. 그걸 내미는 순간 큰할아버지뿐 아니라 자못 의기양양해 하던 순임만 봐도 그랬다. 두 사람의 머릿속에 똬리를 튼 생각이 쉽게 짐작이 갔다. 겉으로는 명백히 더부살이였음에도 불구하고 두 사람의 태도는 더부살이의 그것과는 거리가 멀었다.

내 머리에 마구잡이로 사자성어들이 떠올랐다. 주객전도主客顚倒, 객반위주客反爲主, 족반거상足反居上의 상황이었다. 스펙을 쌓는

다고 한자 급수를 딸 때 공부를 좀 한 덕에 걸핏하면 한자와 사
자성어가 술술 새는 습관이 발동했다.

짐이 어느 정도 정리되자 큰할아버지 역시 사자성어를 들어 입
장을 피력했다.

"거자필반去者必反이지라요. 제수씨, 떠난 사람은 반드시 돌아오
기 마련입네. 그게 세상 순리지라요. 내래 영영 돌아오지 않을
줄 알았다면, 그야말로 제수씨의 큰 오산이었습네."

떠난 사람이 돌아왔지만, 그 시간이 너무 오래 걸린 게 문제였
다. 떠난 그 사람을 애타게 기다리던 사람은 어느새 고인이 되었
고, 이제는 떠난 사람이 영영 돌아오지 않았으면 하고 바랐던 사
람들이 그 자리를 차지하고 있었다. 하지만 그 또한 세상의 순리
이고 이치인 것은 분명했다.

큰할아버지의 말에 할머니는 아무런 응수를 하지 않았다. 할머
니가 그 정도니 엄마는 말할 것도 없었다. 울며 겨자 먹기 식으
로 이불을 내왔을 뿐이었다.

나는 은근히 걱정됐다. 할머니 앞에서도 저렇게 당당한 큰할아
버지와 함께 방을 쓰게 된 내 미래가 참 아득했다. 그런데 그것이
야말로 내 착오고 오해였다. 내 딴에는 어른 대접 한다고 큰할아
버지에게 침대를 쓰라고 권했다. 큰할아버지는 사양했다. 침대 밑

에 요와 이불을 깔고는 거기가 당신 자리라고 했다. 침대에 누웠지만, 얼른 불도 끄지 못했다. 역시 불편했다.

천천히 몸을 일으킨 큰할아버지가 내 얼굴을 빤히 보면서 눈물을 글썽거렸다. 나는 어찌할 바를 몰라서 몸을 일으켜야 했다.

"피는 못 속이는 법이지비. 재홍이 너래 얼굴에 수복이가 보인단 말이지비. 그뿐이 아니여. 울 오마니 얼굴도 있고, 울 아부지 얼굴도 있지비."

갑자기 나도 콧날이 시큰해졌다. 하지만 딱 거기까지였다. 한밤중에 눈이 부셔서 잠이 깨고 말았다. 방의 불이 환하게 밝혀 있었다. 불을 껐지만 자다 보면 또다시 방안은 환해졌다. 큰할아버지가 계속 불을 켰다.

탄광에서 생활한 큰할아버지가 유독 어둠을 견디지 못하는 걸까. 큰할아버지와 한방에서 지낼 일이 까마득했다. 나중에 순임이에게 들은 얘기였는데, 북한 이탈 주민들 습관이라고 했다.

"너도 그래?"

내가 그녀에게 물었다.

"나라고 다르겠어?"

심드렁하게 돌아온 대답에 나는 말을 잃었다.

다음은 거실 쟁탈전이 일어났다. 큰할아버지와 할머니 사이에 일어나는 무언의 전쟁이었다. 무음이 된 상태에서 벌어지는 각축전이어서 큰 소리나 소란도 없었다. 먼저 거실 소파를 차지하는 것이 최대 관건이었다. 두 사람 중 한 사람이 먼저 거실 소파 중앙에 버티고 앉아 텔레비전을 켜고 리모컨을 손에 쥐면 그날의 승자가 됐다.

자연스럽게 패자가 된 다른 한 사람은 방 안으로 들어가서 창살 없는 감옥살이를 해야 했다. 첫날은 큰할아버지가 1승을 했다. 그 다음 날은 할머니가 아침 일곱 시가 되기도 전에 소파를 차지해서 무승부가 되었다.

물론 할머니 방에는 25인치 텔레비전이 있었다. 김포 마루에 있었던 뚱뚱이 텔레비전이다. 그 텔레비전은 거실에 육십 인치 LED 벽걸이 텔레비전을 설치하면서 할머니 방에 들어갔다. 우리 식구만 살 때는 할머니 혼자 당신 방에서 그 텔레비전을 보곤 했다.

그런데 할머니는 큰할아버지가 온 후 굳이 거실 텔레비전을 독차지하고자 쟁탈전을 벌였다. 마치 그것이 집안 최고 어른의 권좌를 결정짓는 무엇이기라도 하는 것 같았다. 그에 맞서는 큰할아버지의 행동은 할머니에게 절대 밀리지 않겠다는 강력한 의사 표현으로 비쳤다.

갑자기 모시게 된 시어른과 늘어난 군식구로 심사가 가장 복잡해진 사람은 김미애 여사였다. 심적으로야 할머니 편이었지만, 실생활에서는 큰할아버지와 할머니 모두 엄마에게는 부담을 주는 시댁식구로서 한 묶음에 지나지 않았다.

엄마의 외출이 빈번해졌다. 할머니와 엄마가 밀담을 나누는 일이 잦아진 걸 보면 엄마의 외출 중 일정 부분은 할머니도 알고 있는 듯했다. 이제는 아버지까지 그 밀담에 가담하는 듯했다. 큰할아버지와 순임이 없을 때마다 나를 제외한 세 사람은 수군거렸다.

"지번이 명시되어 있느냐 없느냐에 따라 판도가 달라질 수 있다고 하던데요?"

그동안 엄마가 법무사와 변호사 사무실을 바쁘게 오가며 알아낸 정보였다.

"지번이 뭐냐?"

할머니가 엄마한테 물었다.

"그 시절의 주소를 말하는 거예요."

아버지가 대답했다.

"지가증권인가 뭔가 하는 종이에 지번이 나와 있든?"

"자세히 못 봤어요."

"만약 지번이 나와 있으면 어떻게 되는 거냐?"

"승산이 있을지도 모른대요."

"이크, 어쩌냐?"

세 식구는 경직된 표정으로 동시에 입을 닫았다.

  엄마의 예민하고 날카로운 촉수는 자연스럽게 순임에게 향했
다. 두 명의 군식구 중 만만한 사람은 순임이었으니까. 게다가 방
하나를 혼자 차지한 마당이니 엄마에게 밉상으로 찍힌 것은 두말
할 것도 없었다. 엄마도 순임이 우기거나 주장해서 벌어진 일은
아니라는 것쯤은 알고 있었다.

  어쨌든 그런 밉상은 계속 밉상 짓을 해야 아귀가 딱딱 맞아떨
어지는 게 인지상정이라고 대한민국 아침 드라마가 누누이 가르
쳐왔다. 김미애 여사가 누군가. 드라마의 여왕 또는 제왕의 수준
으로 3사 방송국뿐 아니라 종편과 케이블 드라마까지 줄줄이 꿰
고 있다. 그런 엄마에게 그것은 어긋날 수도 거역할 수도 없는 정
석이었다.

  예외는 없었다. 순임은 아침 드라마의 구박받는 단골 캐릭터가
되고 말았다. 나는 속으로 순임이 엄마가 원하고 필요한 것이 무엇
인지 아는 여자이길 간절히 바랐다. 엄마보다 먼저 일어나 아침 식
사 준비를 하는 것부터 설거지면 설거지, 빨래면 빨래, 청소면 청
소를 엄마 손이 닿기 전에 미리 해 놓는 뭐 그런 거 말이다. 그래서
엄마 입에서 순임을 칭찬하는 소리가 저절로 나오길 바랐다.

  그런데 아니었다. 순임은 천성이 게으르거나 둔하지는 않았다.

애초 그런 여자였다면 내가 그녀에게 '삘'이 꽂혔을 리 만무했다. 하지만 순임은 딱 시키는 일만 하는 게 문제였다. 엄마가 설거지를 시키면 설거지만 했다. 가스레인지에 흘린 국물 자국을 닦는다든지 행주를 삶아 놓는다든지 하는 그 이상의 것은 절대 하지 않았다. 엄마 입장에서 생각해 봐도 예뻐해 줄 구석이 없었다.

거기다 한술 더 떠 순임은 나날이 변했고 바깥출입이 빈번했다. 최신 유행하는 스타일로 자신을 꾸미지 못해 안달 난 여자 같았다. 하긴 스키니진에 빈티지 박스티를 입고 왔을 때 이미 감지했던 일이긴 했다. 어쨌든 학교를 관두고 '돈이나?' 그것도 '많이' 벌 거라고 하더니 돈 쓰는 법부터 배우려고 작정한 사람 같았다. 큰할아버지와도 돈 문제로 자주 다투는 듯했다.

큰할아버지는 큰할아버지대로 할머니와의 신경전에 날카로워져 있었고 엄마는 순임과의 어긋난 관계로 맞지 않은 톱니처럼 철커덩거렸다. 모든 것이 순탄하지 않았다.

나는 한집에 산다는 이유로 순임의 방을 기웃거리며 순임의 귓불에 살랑거리는 솜털을 음미하거나 슬쩍 스치는 순임의 맨살에 몸이 달아오를 기회만 엿보고 있었다. 그래서 딱히 나쁘다고 그렇다고 썩 좋다고만 할 수 없는 시간이 흘러가고 있었다.

12
군식구

       학교 축제 기간이어서 휴강인 과목이 많았다. 수업일수를 채워야 해서 공식적인 휴강은 아니었지만, 수업을 들어도 그만 빠져도 그만이었다. 아침을 먹고 침대로 직행해서 이불 속에 활개를 쳐도 되는 날인 것이다. 좋은 내 기분과 달리 우리 집은 아침부터 분위기가 심상치 않았다.

  매달 날아오는 카드 명세서가 사단이었다. 아니 정확히 말하면 그 명세서에 찍힌 내용과 금액이 문제였다. 엄마는 '꺄오'도 아니고 '끼악'도 아닌 괴상한 고음을 질렀다. 그만큼 사태가 심각하다는 신호였다.

못찾겠다
꾀꼬리

아버지는 사업상 술자리가 많았다. 오랫동안 건설에 종사해온 업자의 관례였다. 엄마가 그걸 이해 못 하는 게 아니었다. 무언가 도가 지나친 부분이 있을 터였다. 내가 왜 그러느냐고 미처 물어볼 겨를도 없이 엄마는 전화기 버튼을 눌렀다. 할머니의 철칙이기도 했지만, 어지간해서는 밖에 있는 아버지에게 전화를 걸지 않은 엄마였다.

"당신 이게 뭐야?"

화장실에 다녀오다가 사태를 감지한 할머니가 무슨 일이냐고 물어본 것과 엄마의 아버지를 향한 채근이 동시에 맞물렸다. 요즘 들어 부쩍 아버지에게 반말 빈도수가 높아진 엄마였다.

"뭐라고?"

"병원비?"

"누구라고?"

할머니의 미간이 좁혀지고 눈꼬리가 올라갔지만, 엄마는 개의치 않고 아버지를 다그쳤다.

"이이가 미쳤나! 나 참, 기가 막혀서. 당신 자꾸 이렇게만 해봐!"

엄마의 속사포 말이 이어졌다. 희번덕거리는 엄마의 눈동자가 내 방을 향하고 있었다. 목소리도 그쪽에 들어보라는 투가 역력했다. 내 방에 거주하는 또 한 사람, 바로 큰할아버지를 겨냥한다는 것은 누가 봐도 알 수 있었다.

　평소 큰할아버지는 거실 주도권 승자가 되면 텔레비전 볼륨을 삼십에 육박하게 키워놓고는 입을 벌리고 코를 골며 잤다. 그런데 요 며칠 아침만 먹으면 출타해서 늦은 점심에 돌아왔다. 큰할아버지의 출타에 우리 식구는 누구도 궁금해하지 않았다. 아니 관심이 없었다. 큰할아버지의 룸메이트인 내가 의례적인 인사말로 물었던 적은 있었다. 그것도 순임이가 큰할아버지와 어떤 식으로든 연결되어 있다는 전제하에서 예의상 보인 최소의 관심이었을 뿐이었다.

　대답은 간단했다. 병원이라고 했다. 팔십 넘은 노인이 매일 같이 가는 곳이 병원이라면 내가 되물어야 할 말은 "어디가 많이 편찮으세요?" 딱 하나였다. 그런데 나는 묻지 못했다. 아니 묻고 싶지 않았다. 한방을 쓰면서 이래저래 적잖게 피해를 보고 있는 나로서는 그럴 수밖에 없었다.

　첫날 내 방에 들인 불청객 큰할아버지. 내 침대를 거절하고 방바닥을 고집할 때는 몰랐다. 나를 따스한 눈길로 바라보면서 눈물 글썽일 때는 몰랐다. 내가 불편을 무릅쓰고 감수해야 하는 많은 것들에 대해서 말이다.

　딱히 뭐라고 말할 수는 없지만 내 공간을 큰할아버지와 공유

한다는 것 자체가 엄청나게 불편했다. 예의상 큰할아버지에게 일상적인 말을 붙이면 큰할아버지는 나를 붙들고 북한에서의 탄광시절을 주저리주저리 읊어댔다. 그렇게 한번 물꼬를 트면 몇 차례의 리바이벌은 필수였다. 노인과 살아온 내가 터득했던 기본 중의 기본이었다. 지난 과거 에피소드를 반추하며 반복하는 노인들이야기는 우리 할아버지와 할머니만으로도 충분했다.

게다가 큰할아버지가 식은땀을 흘리며 큰소리로 잠꼬대하는 통에 깜짝 놀라 잠을 설친 적도 여러 번이었다. 그 또한 북한에서의 생활과 탈북하는 과정에서 생긴 가슴 눌림이라는 것을 미루어 짐작할 수 있었다. 그 외에도 말끝마다 아프다는 말을 수시로 했는데 그것도 듣기 싫었다. 그런 탓에 병원에 간다는 말을 들었는데도 어디가 편찮으시냐고 묻지 않았다.

"시끄러워. 짜증 나니까 전화 끊어. 당신 이따 나 좀 봐!"

엄마는 큰할아버지가 방문을 열고 나오는 걸 곁눈질로 확인하고는 아버지와의 통화를 끊었다.

"어머니, 지금 이이가 제정신인 거예요?"

화가 머리끝까지 곤두선 엄마의 폼을 봐서는 큰할아버지에게 곧바로 직격탄을 쏠 것 같았다. 그런데 할머니를 거쳐 우회하다니, 뜻밖이었다.

"무슨 일인데, 아비가 왜?"

할머니는 반색하며 물었다. 조금 전까지 아들에게 반말로 일관했던 며느리가 못마땅했던 것은 완전히 사라진 듯 보였다. 눈치가 빠른 할머니는 초장부터 엄마 편에 서서 든든한 지원군이 되어주겠다는 투철한 의지를 보였다.

"이것 좀 보세요. 병원비 때문에 카드값이 이렇게나 많이 나왔다니까요."

엄마가 할머니 코앞으로 카드 명세서를 들이밀었다.

"병원비라니? 아비가 어디 아픈 게냐?"

"치과에서 쓴 병원비라네요."

"치과라니? 아비는 이 멀쩡하잖니."

할머니의 눈빛은 방문을 열고 나오는 큰할아버지에게 꽂혔다. 음식을 먹을 때마다 눈을 찡그리면서 이가 신통치 않다는 큰할아버지의 타박을 여러 번 들어온 탓이었다. 밥이 너무 돼서 술밥 같다는 둥 반찬이 딱딱하고 질기다는 둥.

아버지만 혼자 바가지 쓰게 되는 걸까? 지금 봐서는 그 정도가 아니다. 우리 집에 또 한 번 파란이 휘몰아칠 조짐이었다.

삼각형 구도의 팽팽한 긴장감이 감돌았다. 현관에서 막 신발을 신으려는 큰할아버지와 주방 식탁에 앉은 엄마. 그리고 화장실에서 주방 쪽으로 동선을 튼 할머니. 나는 안정적으로 보이지만 어딘가 날카로운 이 구도를 예의 주시하며 누군가 이걸 깨뜨려주길 바랐다. 하지만 할머니도 엄마처럼 섣불리 직격탄을 날리지 못하고 계속 변죽만 올리고 있었다.

두 사람이 벙어리 냉가슴 앓듯 끙끙대는 데는 분명한 이유가 있었다. 큰할아버지가 언제라도 무기를 내밀 태세를 갖추고 있는 양반이라는 것을 알기 때문이었다. 큰할아버지의 무기는 우리 모두 알고 있는 지가증권이었다. 지가증권은 큰할아버지의 방패였고 칼이었고 보호막이었다.

엄마가 그전보다 생활비가 더 든다며 심하게 짜증 낸 적이 있었다. 표면적으로야 아버지에게 바가지를 긁은 것이지만 그 이면에는 군식구에 대한 불만이었다. 할머니가 총대를 멨다. 큰할아버지에게 두 사람 몫의 생활비를 내놓으라고 했다. 며칠도 아니고 언제까지 두 사람 생활비를 부담할 수는 없다고. 할머니로서는 정당한 요구였다.

큰할아버지의 답변을 간단하고 명료했다. '못' 내겠다가 아니라 '안' 내겠다는 거였다. 그때 큰할아버지가 당당하게 내놓은 것은 그놈의 지가증권이었다. 큰할아버지의 주장은 한결같았다. 시골 땅의 주인은 엄연히 자신이라는 것. 그 땅을 팔아서 이 집을 산 것인 만큼 자신도 소유권을 주장할 수 있다는 것. 그러니까 큰할아버지가 우리 집에서 기거하는 것은 절대 부당하지 않다는 것이다.

할머니는 말문이 막혔다. 할머니는 할 말이 없지는 않았을 것이다. 그 땅에 대한 소유를 주장하기에는 너무 많은 세월이 흘렀으며 그 땅을 팔아먹지 않고 이날까지 지켜올 수 있었던 것은 순전히 할머니의 노력이었으니까.

그러나 큰할아버지한테는 씨알도 먹이지 않는 논리였다. 가부장적이고 봉건적인 사고방식으로 똘똘 뭉친 큰할아버지에게 그 땅은 엄연히 최씨 집안 소유였다. 어디 감히 이씨 여식이 최씨 땅을 좌지우지한다는 말인가. 그나마 소유권에 관여할 수 있는 사람은 큰할아버지의 조카인 최근배, 우리 아버지뿐이었다. 그런데 우리 집 돌아가는 판세를 보면 할머니와 엄마가 주도권을 잡고 있다는 것은 누구라도 알 수 있었다.

큰할아버지가 볼 때는 최씨 재산을 남의 집 여식들이 쥐락펴락하는 모양새일 것이다. 그러니 공연히 큰할아버지를 건드렸다가는 고리타분한 억지를 부리며 지가증권을 들먹일 것이 뻔했다. 할머니와 엄마는 울화가 치밀었지만 입을 다무는 게 상책이다 싶었는지 큰할아버지가 나갈 때까지 참았다.

저녁에 귀가한 아버지만 엄마한테 죽사발이 났다. 아버지 변명은 역시 궁색했다. 노인네가 이가 다 망가졌다는데 치료를 받게 해야지 어떻게 하겠느냐는 것이었다. 우리 식구는 지가증권을 다시 한 번 살펴볼 기회만 엿보면서 시간을 죽이고 있는 형편이었다.

　날이 갈수록 큰할아버지는 위풍당당했고 순임은 순임대로 제 멋대로였다. 아르바이트한다고 여기저기 쑤시고 다니는 모양이지만 제대로 일을 하는 것 같지도 않았다. 엄마는 공연히 순임이만 잡았다. 하긴 만만한 게 순임이겠지만 말이다.

　어쩌면 순임이가 우리 집에 정을 붙이지 못하고 자꾸 밖으로 도는 데는 식구들의 냉대가 한몫했을지도 모른다. 그럴수록 내 마음은 순임에게로 더 기울어져 갔다. 하지만 내 마음과는 달리 순임은 나에게 곁을 주지 않았다.

　치과 치료비 이후로 우리 집 공기는 더 냉랭해졌다. 할머니는 거실 쟁탈전에도 백기를 들었는지, 아니면 큰할아버지와 상대조차 하기 싫었는지, 노인정에서 살다시피 했다. 엄마도 집안일을 등한시하는 동시에 나에 대한 감시도 허술해졌다. 나에게는 다행인 걸까? 어쨌든 나도 도서관 죽돌이에서 해방되어 집에 오면 게임에 몰두하는 날들이 늘어갔다.

13

나는야 언제나 술래

학교에 다녀오자마자 나는 어김없이 방구석에 틀어박혀 스마트폰 게임에 푹 빠져 있었다. 막 게임에 불이 붙어 게이지가 쭉쭉 오르고 있을 때였다. 휴대폰에 수신이 떴다. 모르는 번호였다. 휴대폰 번호도 아니었다. 서울 일반 전화번호였다. 받지 말까 하다가 반사적으로 전화를 받았다.

"최재홍 씨 되십니까?"

"네, 맞습니다만."

"여기 ○○지구대입니다."

나는 잠시 내 귀를 의심했다. 뜬금없이 지구대에서 왜 나에게 전화를 한 걸까. 지구대에서 전화 올 만한 일을 한 적도 끼어든 적도 없었다.

내 생활이라는 게 지극히 단순해서 아니 단순하다 못해 지독히 지루해진 지 꽤 되었다. 술 모임이 잦았던 학기 초만 해도 지구대라는 말 한마디에 켕기는 몇 가지 일이 머릿속에 떠올랐을지도 모르겠다. 복잡하고 난해하고 분주다사한, 거기다가 몽롱하고 흐릿하기까지 한 일들. 술이 떡이 되게 마셔서 끊어졌던 필름을 재생시키느라 머리가 패였을 것이다.

그러나 다 지난 시간이었다. 나의 어제는 얌전했고 그제는 따분했고 그끄저께는 지루했다. 요즘 나의 유일한 낙이라고는…. 순임, 그녀를 훔쳐보는 게 유일한 낙이라면 낙이라고 할까. 순임은 얼굴뿐 아니라 몸매도 꽤 봐줄 만했다.

육촌 남매도 아닌 우리는 언제라도 썸타는 사이가 될 가능성이 열려 있고, 젊은 피가 뜨거운 나는 그것에 주력해야 할 사명이 있었다.

"순임 씨를 아시죠?"

전화기 너머에서 불쑥 튀어나온 이름은 또 순임이었다. 내 머리를 중심으로 새 한 마리가 맴을 돌면서 '못 찾겠다 꾀꼬리. 나는야 언제나 술래.' 노래가 연상 되었다. 한집에 살면서도 내 눈은 그녀를 찾아다니기 늘 바빴으므로 그녀는 정말 술래였다.

지구대로부터 호출된 순임의 이름을 나는 어떻게 받아들여야 하는 걸까. 영원히 술래일 것만 같은 순임. 정말로 '못 찾겠다 꾀꼬리'를 외쳐야 할 판이었다. 무슨 일 때문이냐고 묻는 내 목소리가 사뭇 떨렸다.

"절도로 신고되었습니다."

"누가요?"

"이분이 지금 장난하시나. 누구긴 누구겠어요? 순임이라는 아가씨지. 지금 빨리 여기로 오세요. 이 아가씨 탈북자라고 하던데."

탈북자면 뭐? 하는 반발심이 일었지만 따질 계제가 아니었다.

현장에서 들킨 순임을 피해자가 신고했고 지금 지구대에 있다고 했다. 전화를 끊고 서둘러 나갈 채비 하면서 큰할아버지에게 알려야 하는지 잠깐 고민했다. 거실에서는 텔레비전 소리와 함께 코 고는 소리가 섞여 들렸다. 지구대에서 내 휴대폰으로 전화가 온 걸 보면 순임은 나 외에 다른 집안 식구가 아는 것을 꺼린다는 생각이 들었다. 그 속에는 큰할아버지도 포함되어 있음은 말할 것도 없었다.

현관을 막 나설 때였다.

"어디 나간?"

큰할아버지였다. 조금 전까지 코를 골던 목소리가 아니었다. 나는 친구 만나러 나간다고 둘러댔다.

"다녀완. 아이쿠, 몇 시지비? 병원 예약 시간 다 되었구먼."

소파에서 몸을 일으킨 큰할아버지는 하품했다. 치과 치료 이후 정형외과와 한의원, 이제는 이비인후과까지 번갈아 다니는 큰할아버지는 걸어 다니는 종합병원이었다. 팔, 다리, 허리가 성한 곳이 없다더니 요새는 눈, 코, 귀가 세트로 이상하단다. 할머니와 엄마는 손을 놓은 지 오래였고 아버지도 반은 신경을 껐다.

지구대는 우리 아파트 단지에서 멀지 않았다. 지나다니면서 늘 보았던 지구대였지만 들어가 보긴 처음이었다. 지구대의 두꺼운 유리문을 열자마자 정면에 둥근 벽시계가 보였다. 시곗바늘이 세 시 삼십 분을 가리키고 있었다. 출입문 왼편 벽에 붙어 있는 소파는 텅 비어 있었다. 지구대는 한가했다.

나는 오른쪽으로 시선을 옮겼다. 와인색의 웨이브 진 머리칼의 순임이 철제 의자에 앉아 있었다. 언제 또 머리스타일은 바꾼 걸까. 수시로 바뀌는 순임의 외모를 할머니는 못마땅해 했다. 이북 가시내가 남한에 내려와서 꼴값한다고. 순임을 타박하는 할머니한테 "내 눈엔 예쁘기만 한데. 할머니는 괜히 그러서."라고 중얼거렸다가 엄마한테 등을 얻어맞은 기억이 났다.

색색으로 요란하게 매니큐어를 칠한 손톱이 눈에 먼저 들어왔다. 손톱을 물어뜯는 순임은 초조해 보였다. 얼핏 보기에도 순임은 잔뜩 경직되어 있었다. 평소에도 말이 없고 새침한 순임이었지만 그 분위기와는 사뭇 달랐다. 내가 순임에게로 걸어갔다. 목을 움츠리고 있던 순임이 나를 보자 희미하게 화색이 돌았다. 오십 초반으로 보이는 경찰의 미간에는 짜증스런 주름이 깊게 패 있었다. 전체적으로는 두루뭉술해 보이는 타입인데도 사람이 썩 좋아 보이는 인상은 아니었다.

"최재홍 씨? 당신이 이 아가씨 오빠 분이세요?"

나한테 전화 한 사람이 맞았다. 전화 속 목소리였지만 금세 알아맞힐 수 있을 만큼 탁한 음성이었다. 나는 아무 말도 하지 않고 고개만 끄덕거렸다. 순임이 나를 오빠라고 한 걸까. 기분이 좋았다. 어딘지 거드름을 피우는 경찰은 귀찮은 낯빛으로 턱짓을 해 보였다. 순임 옆에 있는 철제의자를 끌어다 앉으라는 시늉이었다. 내가 자기보다 나이가 한참 아래인 것을 감안하더라도 그의 태도는 기분이 나빴다.

저만치에서 경찰복을 입은 사내가 컴퓨터 앞에 앉아 자판 치는 소리가 잘 들릴 만큼 지구대는 대체로 조용했다.

"이 아가씨가 자기가 아르바이트하고 있던 편의점에서 물건을 훔쳤어요."

경찰이 혀를 끌끌 차며 말했다. 아무리 둘러봐도 피해자로 보이는 사람은 보이지 않았다. 순임이 남의 물건에 손을 대서 피해자가 신고했다면 당사자가 있어야 당연했다. 내가 막 그것을 따지려고 할 때였다. 왼쪽 끝에 있는 문에서 사십 중반의 아줌마가 나왔다. 화장실에 다녀오는 모양새였다. 나도 얼굴을 아는 사람이었다. 아파트 상가의 24시 편의점 주인이었다. 순임이 그곳에서 일하는 줄은 몰랐다. 그 여자도 내 얼굴이 낯익었는지 잠시 주춤했다. 여자는 우리 쪽으로 걸어왔다.

"무슨 일이에요? 아줌마, 저 아시죠?"

"아니, 학생이 저 아가씨 오빠예요? 학생한테 동생이 있었나? 내가 알기엔 학생은 외아들인 걸로 아는데…."

"뭐 그런 거까지 아줌마가 알 거 없고요. 그나저나 얘가 뭘 훔쳤다는데, 사실인가요?"

"아, 그랬어. 자기는 아니라고 딱 잡아떼는데 증거가 나왔다니까. 내가 볼 때는 이번만이 아니야. 이번 한 번뿐이라면 나도 그냥 넘어갔을 거예요."

아줌마 목소리가 높아졌다. 나는 순임을 돌아다보았다. 나를 피하는 순임의 눈망울이 부풀어 올랐다. 무엇인가를 호소하는 눈빛이었다.

"너 맞아? 진짜 네가 훔쳤어? 아니면 아니라고 말하라고!"

나는 순임에게 소리를 질렀다. 순임이 고개를 푹 수그렸다.

"사람 말이 말 같지 않아요? 증거가 나왔다니까 그러네!"

경찰이 발끈하며 노트북 옆에 있던 검은 비닐봉지를 끌어다가 책상 위에 쏟았다. 하늘색과 분홍색 비닐 뭉텅이가 우르르 떨어졌다. 편의점의 삼각김밥이나 과자를 생각했던 나는 잠깐 내 눈을 의심했다. 여성 생리용품이었다. 텔레비전 CF에서 순면커버가 피부 닿는 느낌이 어쩌고저쩌고하는 그것.

내 얼굴이 화끈거리는 것과 동시에 순임의 얼굴도 붉어졌다.

"맞지요? 이거 아가씨 가방에서 나온 거."

경찰이 순임을 향해 못을 박았다. 순임이 겁먹은 표정으로 보일 듯 말 듯 고개를 끄덕였다.

"그것 봐. 본인도 그렇다고 하잖아. 그러니 내 말이 이것만 훔쳤겠느냐는 거지. 여태 없어진 물건이 한둘이 아니야. 다 변상해 줘요. 난 이대로 넘어갈 순 없어. 처음엔 얼마나 아니라고 버티는지 내가 그걸 생각하면 울화통이 터져. 도둑을 옆에 끼고 장사를 했으니, 원. 북한에서 왔다고 해서 이래저래 내가 얼마나 신경을 써 줬는데."

주인 여자는 의기양양해서 언성을 높였다. 역시 주인 여자가 순임의 신상에 대해서 떠들어 댄 게 맞았다. 나는 화가 치밀었다.

"너 미쳤니?"

내가 순임을 향해 소리를 질렀다. 주인 여자 잔소리가 듣기 싫어서였다.

"최재홍 씨, 소리 지르지 마세요. 제가 보니까 피해자와 가해자가 다 안면이 있는 동네 분들 같은데 얼른 합의하고 마무리하세요. 우리 경찰들도 한가한 사람 아니에요. 순임 씨도 앞으로 조심해요. 어렵게 탈북했으면 건전하게 살아야지 왜 남의 물건에 손을 대요, 대긴."

신고된 일이었기 때문에 조서를 써야 했다. 주인은 편의점을 비워놓고 왔다며 서둘러 돌아갔다. 물건값을 내고 합의서에 도장을 받기 위해서는 한 번 더 편의점 주인을 찾아가야 한다고 경찰은 강조했다. 나는 순순히 알았다고 말하고는 순임과 지구대를 나왔다.

다섯 시가 넘었다.

"왜 그랬어? 너 아르바이트해서 용돈 벌잖아. 또 필요한 게 있으면 큰할아버지한테 말씀을 드렸어야지."

"진짜 안 훔쳤어."

순임이 작은 소리로 중얼거렸다. 나는 잠시 어리둥절했다. '잘못 알아듣겠어요.'와 같은 어법인가? 나는 순임에게 되물었다. 조금 전 지구대에서 경찰과 편의점 아줌마 앞에서 인정하지 않았느냐고. 네 가방에서 물건까지 나왔지 않았느냐고. 내 목에 핏대가섰다.

"그것만 훔쳤다고. 다른 건 아니야."

"다른 건 아니라고? 그럼 그건 왜 훔쳤는데? 누가 들어도 말이 되니?"

"진짜 그 아줌마가 나한테 다 덮어씌우는 거야. 그 아줌마도 다 알고 있으면서, 내가 탈북자니까 무시해서 그런 거라고."

순임은 가느다랗게 떨고 있었다. 미니스커트 아래 앙상하고 마른 다리가 추워 보였다. 바짝 마르고 윤기가 없는 그녀는 길 잃은 한 마리 새 같았다. 그런데 왜 지구대에서 그렇게 말하지 못했던 걸까. 나는 다시 한 번 화가 치밀어 올랐다.

"그냥 겁이 나고 무서웠어."

나는 할 말을 잃었다. 그렇다면 생리대는 왜? 나는 다시금 그녀가 살아온 삶이 궁금했다. 아니 그녀 자체에 대해 알고 싶어 죽을 지경이었다.

"오늘 일은 집에다 아무 말도 하지 말자. 큰할아버지한테도. 근데 지구대에서 날 오빠라고 했냐?"

순임 얼굴이 조금 환해졌다.

"그러면 좀 안 되나. 암튼 오늘 일은 고마웠시오 오라바니, 아니 오빠."

오래간만에 쓴 북한 사투리가 부끄러운 걸까. 아니면 오빠라는 호칭이 어색했던 걸까. 순임은 히죽 웃으며 손바닥으로 입을 가렸다. 순임에게 오빠라는 말을 들으니 공연히 기분이 붕 떴다.

"한 번 실수는 병가지상사라는 말도 있잖니. 이 오빠가 다 해결해 줄 테니까 걱정하지 마."

내가 조금 과하다 싶을 만큼 근엄함을 담은 목소리로 말했다. '오빠'라는 호칭도 들은 김에 '폼'을 잡을 필요가 있지 않을까 싶었다.

"그럼 난 오빠만 믿을 거다."

고단수였다. 보통이 아닌 줄은 진작부터 알고 있었지만, 그 이상이었다.

"그 대신…."

내가 단서를 달았다.

"그 대신 뭐?"

순임은 나를 말간 눈으로 바라보았다. 나는 아랫배에 힘을 꽉 줬다.

"우리 사귀자."

14
자아 발언?

　　　　　　　기어이 일이 터졌다. 순임의 경찰
서 일이 발단이었다. 아니 편의점 주인의 수다가 사단이었다. 소
문은 몇 동 되지 않는 아파트 단지에 삽시간에 퍼졌다. 소문의 골
자는 일목요연했다. 재홍이네 탈북자 여자가 있는데 손버릇이 나
쁘니까 조심하라는 경고였다.

　소문을 듣고 온 사람은 할머니였다. 큰할아버지와 순임에게 가장
적대적인 감정을 가진 할머니가 아닌가. 그래도 그 정도면 차악이
었다. 소문을 처음 들은 사람이 엄마였다면 최악이었을 것이다.

　"저 방 양반 좀 나오시라고 해라."

못찾겠다
　　　　 꾀꼬리

노인정에 다녀온 할머니가 물 한 컵을 단숨에 들이키고는 엄마한테 한 말이었다. '저 방 양반'은 큰할아버지를 지칭하는 할머니의 표현방식이었다. 남우세스러워서 살 수가 없다고 연거푸 주먹으로 가슴을 치는 할머니 기세가 심상치 않았다.

나는 막 학교에서 온 터라, 라면 하나를 끓여 먹을까 해서 냄비를 꺼내는 중이었다. 사실 학교에서 곧장 온 것은 아니었다. 합의서에 도장을 받기 위해 편의점 주인 여자를 만나고 오는 길이었다. 편의점 주인이 순임과 어떤 사이냐고 은근슬쩍 물어보는 바람에 진땀을 뺐다.

"왜요, 어머니? 무슨 일이 있으셨어요? 큰할아버지 출타하셨는데요."

"순임이는?"

나는 정수기에서 라면 끓일 물을 받다가 멈칫했다. 큰할아버지를 찾다가 순임을 물어보는 할머니 목소리에 노기가 서려 있었다.

"아르바이트 갔겠죠? 일하는지 헛짓거리를 하고 다니는지는 모르겠지만요. 왜요 어머니?"

"도둑년 같으니라고!"

할머니의 표독스러운 말씨에 나는 하마터면 물이 든 냄비를 놓칠 뻔했다.

"네? 누구요?"

엄마가 검은 눈동자를 한 곳으로 모으며 눈을 흡떴다.

"누구긴 누구겠어. 순임이란 년이지. 내가 노인정에 갔다가 창피해서 죽은 줄 알았다. 요 앞 슈퍼 있잖니, 왜 밤새도록 하는 슈퍼 말이다."

"24시 편의점이요?"

"그래, 거기. 거기서 물건을 훔치다가 주인 여편네한테 들켰다잖니. 그 여편네 말로는 한두 번이 아니래. 어, 뭐라더라. 맞아, 상습범. 가방에서 훔친 물건을 들켰는데도 아니라고 그렇게 발뺌을 하더란다. 경찰서에 가서야 순순히 인정했다지 뭐니. 뻔뻔한 년 같으니라고. 그 여편네도 한 성깔 하잖니. 경찰에 신고했대요, 글쎄. 내가 더 듣고 있을 수가 없어서 노인정을 나와 버렸다니까. 노인네들이 전부 나한테 묻지 뭐냐. 이북에서 넘어온 사람들은 다 그러냐고. 손버릇이 그렇게 좋지 않은 계집애하고 어떻게 한집에서 사느냐고. 내가 망신살이 뻗쳐서 원. 난 이제 노인정에도 못 가겠어. 이 양반은 알고도 모른 척하는 건지 당최 속을 모르겠다니까. 우리 집엔 언제까지 죽치고 있으려고 저러는지."

할머니가 숨도 쉬지 않고 말을 쏟아냈다. 엄마는 '어머나, 세상에, 어쩜.' 하는 탄식을 연이어 쏟아냈다.

할머니 말처럼 편의점 주인은 녹록지 않았다. 지구대에서 보였던 태도와는 백팔십도로 달랐다. 애초에 몇만 원으로 합의를 보려 했던 내 생각은 오산이었다. 내가 내민 오만 원 권과 합의서를 힐끗 보더니 주인 여자는 시큰둥한 낯빛을 드러냈다. 처음부터 돈이 너무 적다는 말은 하지도 않았다. 합의가 뭐가 그리 급하냐며 시간을 끌었다. 내가 아직 어린 학생인데 선처를 부탁한다고 머리를 조아리자 학생이 그렇게 옷을 야하게 입고 다니느냐고 비웃었다.

나는 지금은 잠깐 학교를 쉬고 있지만, 학생이 맞다고 쓸데없는 변명을 늘어놓았다. 주인 여자는 아직 어린 아가씨가 지금부터 도둑질이나 하는 걸 보니 싹수가 노랗다고 계속 순임의 흉을 봤다. 듣다 못한 내가 순임한테 덤터기를 씌우는 거 다 안다고 따졌다. 주인 여자는 오만 원 권을 내 눈앞에서 펄럭이며 사람 어떻게 보느냐고 소리를 질렀다. 그동안 순임이 도둑질한 물건값에는 어림도 없는 돈이긴 하지만 자기가 그까짓 일로 동네에서 돈이나 뜯는 사람으로 보이느냐고 삿대질을 했다.

더 사정해도 소용없을 것 같아 아줌마 맘대로 하라고 했다. 주인은 그러면 법대로 하겠다고 엄포를 놓았다. 더 이상 듣고 있을 수가 없어서 나는 편의점 밖으로 나갔다. 그 순간 주인 여자의 비아냥거림이 내 뒷덜미를 낚아챘다.

"도대체 그 아가씨와 어떤 사이야? 말로는 친척 오빠 동생이라고 하면서 오빠 동생끼리 서로 그래도 되는 건가?"

일순간 머리에 섬광처럼 스치는 장면이 떠올랐다. 마치 주인 여자가 '나는 너희가 한 일을 알고 있다'고 쐐기를 박는 것 같았다.

우리가 한 일이 무엇인가. 정확히 말하면 순임이 나한테 한 일이었다. 누가 들으면 남자 자식이 치사하다고 욕을 해도 별수 없다. 나는 여러 번 거부했고 족히 서너 발자국은 물러났고, 완강히 도리질했다. 그만하면 나로서는 충분히 할 만큼 했다고 강력히 주장할 만하다. 하지만…. 하지만 가슴에 손을 얹고 내가 먼저 바람을 넣은 사실에 대해서만은 인정해야 했다.

그날 지구대에서 나와 집과는 반대방향으로 발길을 틀었다. 사귀자는 내 말에 순임은 빙그레 웃기만 했다. 괜히 자존심이 상하고 약이 올랐다. 그래서 내가 먼저 술 한잔 하자고 제안했다. 바람을 넣은 1단계라는 사실조차 인식하지 못한 채.

"너 스무 살이라며? 상관없잖아."

뒤에 생각해보니 바람을 넣은 2단계가 분명했다. 순임은 뭔가 크게 결심한 표정으로 나와 보조를 맞춰 걸었다. 그렇다면 3단계는 순임이 조장했다고 은근슬쩍 밀어붙여도 되는 걸까. '이 자식아, 그래서 너는 안 돼. 남자가 치사하게.' 혜정이와 자고 나서 이래저래 핑계를 대는 나에게 혜정이가 날린 멘트였다.

못찾겠다
찌찌뽕

아무려나 우리는 근처 치킨집으로 갔다. 순임이 맥주 오백을 서서히 비우는 동안 나는 삼천을 마셨다. 취해가면서 순임이 점점 예쁘게 보였다.

'그래, 치사해진 김에 완전히 치사해지지 뭐. 4단계도 순임이 조장한 일이다. 여자가 그렇게 새초롬하게 술을 마시는 모습을 보니, 나 보고 어쩌라고.'

볼이 붉어지면서 입술이 도드라지는 순임은 이유 불문하고 매력적이었다.

이차로 포장마차에 갔다. 순임은 여전히 술잔을 세고 있었고 나는 마구 달렸다. 자세하나 흐트러지지 않는 순임에 비해 내 팔과 다리는 정신없이 흐느적거렸다. 원래 그리 세지 않은 주량에 오래간만에 술을 마신 탓이었다. 나는 술기운을 빌어 궁금한 것을 물었다. 왜 하필 훔친 물건이 생리대냐고. 그녀의 은밀한 비밀에 대해 무엇인가를 기대한 것인지도 몰랐다.

술기운에 떠밀려 수컷의 음흉함을 막 들어낼 찰나였다. 그런데 순임의 말은 뜻밖이었다. 그것만 있었어도 언니는 메콩 강을 건너서 자기와 함께 여기서 살 수 있었다고…. 순임은 남의 이야기 하듯 무심히 말을 했다.

"악어라는 동물은 기가 막히게 피 냄새를 잘 맡는대. 참 웃겨."

맥락 없이 이어지는 그녀의 말들이 두서없었다. 술에 취했지만 나는 그녀의 언어들을 조합하려고 안간힘을 썼다. 먼 날을 되짚어 보듯 눈동자가 아득해지는 순임은 미간이 좁히며 심호흡을 하기도 했다.

"꽃제비였다며?"

순임이 집을 나와 떠돌았다는 말을 기억하고 넘겨짚었다. 이때쯤 슬쩍 도화선에 불씨를 던져 주어야 한다는 생각도 있었다. 순임은 고개를 끄덕이다가 이내 가로저었다. 이 행동은 무엇을 의미하는 걸까. 기라는 걸까 아니라는 걸까.

"큰할아버지한테 들었어."

내가 무작정 한 발짝 더 나아가 보기로 했다.

"그건 언니였을 거야, 아마도."

"언니? 아, 큰할아버지한테 듣긴 했어."

순임의 언니라면 꽃임을 말하는 게 틀림없었다. 큰할아버지가 내게 했던 말을 되새겨 봤다.

"근데 할아버지가 언니 얘길 너한테 했단 말이야? 기가 막혀서."

순임이 아랫입술을 깨물며 물었다. 목소리가 살짝 격앙되어 있었다. 그런 모습은 처음이었다.

"응, 큰할아버지가 구해줬다고. 다른 꽃제비들한테 당한 뻔 했는데…."

못찾겠다
꾀꼬리

나는 말끝을 흐렸다.

"혹시 할아버지가 누구를 고발했다는 말은 안 했어?"

가만히 생각해보니 얼핏 들은 듯도 싶었다. 하지만 나는 자동으로 머리를 내저었다.

"하긴 자기 입으로 그 말을 어떻게 하겠어. 지금에 와서 보면 그게 그렇게 중요한 문제도 아닐 테고."

순임은 큰할아버지에 대해 입을 닫아 버렸다. 그렇다면 두 사람이 바로 외나무다리에서 만난 원수였다는 말인가. 두 사람 간에 민감한 문제가 있는 게 분명했다. 순임이는 언니 꽃임에 대한 이야기를 시작했다.

집을 나온 순임은 청진에서 언니를 만났다. 그때 이미 언니는 큰할아버지와 헤어진 후였다. 언니가 청진 바닥에서 여자 꽃제비로 살아온 날들을 순임에게 말해 주었다. 영리하고 예쁘장하게 생긴 언니는 처음에는 장기자랑을 했다고 했다.

"장기자랑이라고?"

생소한 단어라서 내가 물었다. 장기자랑은 꽃제비들이 여행객들이나 군인 앞에서 노래를 부르거나 요술을 보여주는 것이라고 했다. 그런데 사람들이 요구하는 강도가 점점 더 심해졌다. 처음에는 노래와 율동에도 박수를 치며 먹을 것을 주더니 나중에는 별 희한한 걸 다 시켰다. 그걸 견디기 어려웠던 언니가 손을 대기 시작한 게 '덮치개'와 '파장꾼'이었다. 한마디로 장사치 물건을 훔치는 행위였다. 언니가 큰할아버지와 만난 게 그 시점이었다. 다른 꽃제비들로부터 구해줬다는 그 일이 인연이 되어서.

언니는 그렇게 훔친 물건을 장마당에 파는 일까지 했다. 하지만 언니가 판 것은 그뿐이 아니었다. 그러면서 탈북을 결심했다. 순임이 언니를 만났을 시기였다. 언니는 돈을 모아서 브로커와 연결했고 여러모로 발을 넓혀 나갔다. 순임은 그 발이 어떤 의미였는지는 나중에 알았다고 했다.

"어떤 건데?"

내가 물었다.

"젊은 여자에게 최후의 보루가 뭔 줄 알아?"

대답을 원한 질문이 아니었다는 것을 느꼈다.

언니는 북한을 벗어나기 위해서는 무슨 짓이라도 할 것이라고 했단다. 순임은 알고도 모르는 척해야 했다. 브로커와 태국 여행객과 친분을 쌓은 자매는 천신만고 끝에 태국 접경 지역까지 갈 수 있었다. 자매는 제3국 경유를 통해서 탈북을 시도했다. 메콩 강에는 타이, 미얀마, 라오스라는 골든 트라이앵글이 있다고 했다.

북한에서 넘어와 남한으로 가려는 탈북자들은 메콩 강을 건너

라오스로 가야 했다. 강을 건너는 순간 자매의 생사가 갈렸다. 생리 중인 여자는 강을 건널 수 없었다. 뱃사공의 철칙 같은 전언이었다. 피 냄새에 민감한 악어들이 몰려와서 배가 뒤집힐 수 있다는 것이었다. 공교롭게도 언니는 생리 중이었다.

자매는 눈을 끔벅이며 제발 들키지 않기를 기도하며 그 사실을 숨기기로 했다. 하지만 언니는 결국 승선에서 제외되었다. 부둣가에서 눈물을 철철 흘리던 언니가 아직도 눈에 선했다. 언니는 어떻게 되었을까. 예상조차 할 수 없는 일이었다. 순임은 독하게 마음먹고 언니를 잊기로 했다.

하지만 여기 오니까 생리대가 제일 먼저 눈에 들어왔다고 했다. '저것만 있었어도 언니가 무사히 강을 건널 수 있었을 텐데' 생각했다. 생리대에 병적으로 집착하는 순임의 행동이 이해되기도 했다.

생리대만 훔쳤다는 순임의 주장이 맞는다면, 편의점 주인이 순임에게 덤터기를 씌운 것이다. 화가 치밀었다. 그래서 내가 오만 원을 가지고 당당하게 편의점을 찾아갔던 것이었다. 그런데 아파트 단지에 소문이 쫙 나도록 입을 놀려대다니. 우선 편의점 주인의 입부터 막아야겠다는 생각이 들었다. 비상금을 털어야 할지도 모르겠다. 뭐 그쯤이야 좋아하는 여자를 위해서 남자가 마땅히 해야 할 일이었지만 속이 쓰린 것은 어쩔 수 없었다.

할머니는 쉽사리 분을 삭이지 못했다. 할머니는 어디까지 알고 있는 걸까. 편의점 주인이 나에게 넌지시 던진 말을 또 누구에게 한 걸까. 내 염려와는 달리 할머니는 거기까지는 모르는 것 같았다. 할머니와 엄마는 한참 흥분을 하더니 두 사람을 우리 집에서 몰아낼 절호의 기회라는 데 합의를 한 모양이었다.

15
카더라 통신

만 하루가 지나지 않아서 일은 또 터졌다. 이번엔 엄마였다. 예상했던 대로 최악이었다. 편의점 여자가 합의를 해주지 않았기 때문에 순임의 절도는 지구대에서 경찰서로 넘어갔다. 내가 비상금을 가지고 가서 바로 손을 썼어야 하는데 한발 늦었다. 일이 점점 이상하게 꼬이고 있었다. 그 과정에서 내가 순임 보호자로 지구대에 간 일이 밝혀졌다.

거기다 머리를 쥐어뜯고 싶은 상황이 또 벌어졌다. 나의 염려는 기우가 아니었다. 편의점 여자의 입은 떠버리였다. 탈북자 여자가 재홍이와 그렇고 그런 관계더라는 '카더라 통신'이 불거졌다. 소문은 밖에서 돌고 돌았고 결국 집에까지 알려졌다.

　순임과 그렇고 그런 사이. 가슴에 손을 얹고 생각해 보면 아주 근거 없는 낭설은 아니었다. 여자의 적은 여자라고 했던가. 엄마가 순임을 미워하는 감정은 할머니와는 차원이 달랐다. 뭐라고 딱 꼬집어 말할 수는 없어도 젊고 예쁜 여자에게 갖는 열등감이나 경계심이 느껴졌다. 어쩌면 나를 사이에 뒀다는 점이 은연중에 작용한 것인지도 모르겠다.

　가족들은 나와 순임을 육촌 남매간으로 알고 있었다. 그런데도 엄마는 나와 순임을 바라볼 때마다 색안경을 쓰고 눈매를 치켜세웠다. 그러니 두 번째 '카더라' 소문을 물고 온 엄마가 할머니보다 두 배는 더 펄펄 뛰며 순임을 천하에 다시없는 몹쓸 년이라 몰아붙인 것은 당연한 일이었다. 다행히도 순임은 집에 없었고 그 불똥은 나한테 튀었다.

　"너 미쳤구나? 돌았어, 돌은 게 분명해!"

　엄마의 첫 마디였다. 인간 취급도 하기 싫다는 표정이었다. 나는 감이 딱 왔다. 할머니가 노인정에서 겪은 일을 엄마도 고스란히 당한 것이었다. 이번에는 그 강도도 거의 메가톤급이었다. 엄마의 후폭풍을 감당할 일이 끔찍했다. 내 휴대폰 사용 요주의와 용돈 삭감은 필수일 테고 내 모든 생활이 당분간 엄마에게 감시당할 게 틀림없었다. 그때 편의점 주인 입단속을 단단히 해야 했는데…. 하긴 지금 생각해도 편의점 주인의 입단속을 어떻게 해야 하는지는 실로 난감한 일이었다.

편의점을 나가는 발걸음을 되돌려 "성인남녀 사이의 일에 무슨 참견이세요?" 라고 해야 했던 걸까. 아니면 "우린 남매가 아니거든요?" 해야 했던 걸까. 거기에 덧붙여 "나는 절대 안 하려고 했는데 순임이 걔가 먼저 덤벼들었거든요!"라고 했어야 맞단 말인가.

내 머릿속은 그날보다 더 뒤죽박죽이었다. 아무려나 이미 엎질러진 물이고 전송된 메일이고 삭제되어 복구할 수 없는 파일이었다.

"육촌 누이뻘이잖아, 이 녀석아. 어디 누이한테."

엄마는 내 등판을 서너 차례 때리며 목소리를 낮췄다. 엄마의 머리카락이 한 올 한 올 심하게 꼬불거렸다. 미장원에서 금방 머리를 하고 온 모양이었다. 그렇다면 미장원에서 수군거리는 이야기를 듣고 온 게 분명했다. 이 나이에 여자와 뽀뽀 한 번 한 게 무슨 대수라고 동네북이 되는지 알다가도 모를 일이었다.

"됐어요 됐고요, 이제 그만하시라고요!"

나는 외려 성질을 냈다. 아버지한테는 통하지 않았지만, 엄마한테는 종종 써먹는 방법이었다.

"너 내가 경고하는데 순임이, 걔 옆에는 얼씬도 하지 마."

엄마는 목소리를 누른 채 눈을 흘겼다. 나도 입을 닫았다. 변명을 늘어놓는 게 더 구차스러웠다. 이제 와서 어쩌랴. 구르라면 구르고 기라면 기어야지. 순임이 육촌이라고 알고 있을 때도 내 마음이 흔들린 것이 사실이었으니까.

그날 순임과의 뽀뽀는 술김에 저지른 우발적인 행동이 아니었다. 스무 살 여자애가 정말로 겪었을까 싶은 파란만장한 인생을 듣고 그녀와 가까워졌다는 게 온몸으로 느껴졌다. 물론 순임은 언니 얘기를 끝으로 더 이상 말하고 싶지 않은 표정으로 입을 다물었다. 내가 무슨 말인가를 해야 할 차례가 된 것이다. 남자랍시고 폼 잡았는데 체면치레는 해야 했다.

타인의 불행한 이야기를 들었을 때 최상의 위로는 무엇일까. 그와 견줄 만한 나 자신의 불행을 우회해서 들려주는 것이 아닐까. 북한과는 비교할 수 없겠지만, 남한의 현실도 썩 밝지만은 않다는 뭐 그런 식의 말들을 주저리주저리 해댔다. 청년실업 백만 명 시대의 대한민국 현실과 맞물린 내 개인적 조건이 결코 내 잘못만은 아니라는 주장에 이어 사회가 가진 구조적 모순에 대해 열변을 토했다.

그렇게 한 차례가 끝났다. 내가 생각해도 무슨 말을 한 것인지 참. 나는 결국 순임한테 엉뚱한 질문을 하고 말았다. 북한에서 연애를 해봤냐는 둥 남자 친구는 있었냐는 둥. 아니 내가 순임에

못찾겠다
꾀꼬리

게 진짜 하고 싶은 질문이었는지도 모른다.

순임은 그런 존재는 자기 사전에 없었다면서 제법 농담을 했다. 그 순간 순임이 너무 사랑스러워서 눈물이 다 찔끔 날 뻔했다. 다시 바통이 나한테로 넘어왔다. '나는 말이야'로 시작해서 내 과거의 첫사랑과 짝사랑과 외사랑과 헤어진 사랑에 대해서 절절히 읊어댔다. 하지만 지금의 나는 외로움에 지친 솔로라는 것에 마침표를 찍었다.

한마디로 주접이었고 술주정이었다. 돌이켜 생각해보면 세지 않은 주량과 오랜만에 먹은 술 탓으로 돌리기에는 넘쳐도 너무 넘쳤다. 에너지가 과부하 된 상태였다. 마음 가는 여자 앞에서 '가오' 내지 '폼'을 잡은 것에 불과했다. 그러나 어쩌랴, 이미 순임에게 그날의 내 '주접' 파일은 고스란히 전송된 상태이고 삭제할 수 없는 것을….

다음날 술이 깨자 치킨집에서의 완전한 기억과 포장마차에서의 끊어질 듯 이어지는 몇 개의 장면이 머릿속에서 뒤죽박죽 엉키고 있었다. 곧이어 아슴푸레하게 떠오른 문제의 담벼락. 그곳이 어디쯤이었는지 기억은 분명치 않았다. 그러나 우리 아파트 단지에서 멀지 않을 것만은 틀림없다. 편의점 주인 여자가 그 시간, 그 장소를 목격한 투로 이야기한 걸 보면 말이다.

그 순간을 누군가 보고 있을지도 모른다는 생각을 꿈에도 하지 못할 정도로 순임의 입술은 감미롭고 따뜻했고 달콤했다. 그날 두세 군데 술집을 전전하면서 마신 술 때문에 필름이 거의 끊길 찰나였다가 그녀와의 입맞춤으로 술이 확 깼었다.

순임의 일로 할머니는 큰할아버지를 몰아세웠다. 할머니는 노골적이었다. 엄마도 순임을 내보내고 싶은 마음이었으므로 할머니를 적극적으로 도왔다. 엄마가 할머니에게 무슨 말을 했을지도 몰랐다. 할머니가 순임을 지칭할 때 도둑년에 더러운 년이라는 말을 서슴없이 한 걸 보면 순임이 육촌인 나에게 꼬리를 쳤다는 식의 말을 했을 수도 있다.

할머니는 큰할아버지에게 이제는 도저히 한집에 살 수 없다고 했고, 큰할아버지도 당황하는 기색이 역력했다. 큰할아버지가 어젯밤 들어오지 않은 순임에게 전화했다. 전화를 받지 않는 모양이었다. 할머니는 큰할아버지에게 단도직입적으로 말했다. 한집에 살 수 없는 게 아니고, 살고 싶지 않다고.

"지금 내래 나가라, 그 말입네까?"

큰할아버지는 당황했던 기색을 완전히 거두고 작은 눈을 부릅떴다. 편의점 절도 사건으로 잠깐 의기소침했고 걔가 그럴 애가 아니라고 순임을 옹호하기도 했다. 그러나 할머니의 극단적인 태도에는 완강했다. 여기서 물러설 할머니가 아니었다.

"처음부터 경우는 아니었지요. 갑자기 남의 집에 무작정 밀고 들어오는 게 어느 나라 법입니까?"

"지금 경우와 법을 따지시는 겁네까, 제수씨? 그렇게 따지자면 정작 경우가 없는 게 누군데 그럽네까? 남의 문중 땅을 처분해서 제수씨 맘대로 한 것은 경우가 있는 거랍네까?"

큰할아버지는 여차하면 또 그 낡은 지가증권을 들이밀 태세였다. 이번에는 아버지도 큰할아버지 편을 들지 않고 묵묵히 버티었다. 지가증권에서 확인하고 싶은 부분이 있는 우리 식구는 큰할아버지가 홧김에라도 그것을 펼쳐 보이기만을 기대하고 있었다.

"그래서 어쩌겠다는 거예요?"

"내래 죽어도 못 나갑네다. 내 땅 내놓기 전까지는."

큰할아버지는 양반 다리를 틀고 앉아 고집스러운 얼굴로 팔짱을 꼈다. 아버지는 서슬 퍼런 두 노인네의 중재에 나서는 척했다.

"큰아버님, 그렇게 화만 내지 마세요. 저희도 큰아버님께 할 만큼은 했다고 생각합니다. 그 지가증권을 한 번 똑똑히 보자고요. 그게 정말 법적 효력이 있는지 없는지요."

아버지는 평소와는 다르게 제법 강경한 어투로 말했다. 그동안 물러터지기만 한 아버지를 조정해 온 할머니와 엄마의 노력이 적재적소에서 빛을 발하고 있는 걸까.

"지금 너래 법적 효력이라고 했나?"

큰할아버지는 언성을 높이긴 했지만, 자신감을 잃은 목소리였다.

"네, 큰아버님. 법적으로 증명할 수도 없는 상황에서 매일 이렇게 가족끼리 으르렁거리는 것도 피곤한 일입니다. 그러니까 우선 큰아버님이 임대아파트로 가 계시는 게 어떨까요? 그리고 그 지가증권인지 뭔지를 저한테 좀 줘보세요. 제가 알아봐 드릴 테니까요."

"흥! 너래 그걸 나한테서 빼앗아 가려는 수작이로구나. 그건 절대 못 준다. 너래 말 한번 잘했다. 가족이라고? 나를 이 집 가족으로 여긴다면 내래 더더욱 이 집에서 한 발자국도 나가지 않을 것이니 기래 알란!"

큰할아버지는 비장하게 말했다. 또 무승부였다. 결국, 엄마와 할머니의 두 사람 몰아내기 프로젝트는 실패로 돌아갔다. 2라운드는 순임이 요절내기일 터. 나는 조마조마한 심정으로 사태를 관망할 수밖에 없었다. 섣불리 순임이 편을 들었다가는 엄마의 날 선 공격이 날아올 게 뻔했으니까.

한밤중이 다 되어서야 순임이 들어왔다. 계집애가 어딜 밤늦게 쏘다니는 걸까. 식구들과 다른 마음으로 나는 속이 편치 않았다. 잔뜩 벼르고 있던 할머니가 요절을 내기 전에 큰할아버지가 선수

를 쳤다. 현관에서 신발을 벗는 순임을 향해 큰할아버지가 냅다
소리를 질렀다.

"이 에미나이 년, 어디 갔다가 이제 기어들어 오는 기야. 내래
널 여기까지 데불고 오는 게 아니었지비. 도둑질해서 경찰서까지
댕기 왔대미? 이게 무슨 망신이여?"

"내가 안 그랬단 말이에요. 왜 내 말은 다 거짓 뿌리라고만 하
는 거예요!"

순임이 눈을 동그랗게 뜨고 대들었다. 두 사람은 막상막하였다.

"이젠 너래 갈 길로 가란. 나도 더 이상 니 보호자 노릇 안 할
기라."

"보호자라고요? 할아버지가 날 뭘 보호해 줬는데요? 할아버지
만 아니었으면 우리 엄마도 그렇게 죽지 않았을지도 모르고 우리
언니도 그렇게 집을 뛰쳐나가지 않았을 거라고요. 우리 언니만
생각하면…."

순임이 울먹였다. 공연히 내 콧날도 시큰해졌다.

"그 입 닥치지 못한!"

"할아버지 때문에 우리 집이 풍비박산 난 건 어떻게 책임질 건
데요, 네?"

순임이는 손을 덜덜 떨면서 울부짖었다.

"그기 언제 적 일인데, 걸핏하면 케케묵은 일을 들먹거리지비.

시끄럽고, 당장 나가라. 내 친손녀도 아닌 년이 어디 빌붙어서는."

순임이 큰할아버지의 손녀가 아니라는 사실이 식구에게 알려지는 순간이었다. 큰할아버지는 한술 더 떠 순임 옷가지며 가방 등을 마루에 패대기쳤다. 가방이 열리면서 무엇인가 우르르 쏟아졌다. 우리는 그 물건에 일제히 눈이 꽂혔다. 여성 생리용품이었다. 나는 차라리 눈을 감아버리고 싶은 심정이었다.

"어머머 맞네, 맞아! 이것도 훔친 거네."

엄마는 신바람이 나서 목소리 톤을 높였다. 순임은 그 길로 집을 나가버렸다.

16
돈이 정말 필요해

"너 순임이랑 연락 안 하지?"

"안 한다니까."

"정말이지?"

"그래, 정말!"

"맹세코?"

"그래, 맹세코!"

엄마는 의심의 눈초리로 나를 아래위로 훑어댔다. 나와 순임이 육촌지간이 아님은 큰할아버지에 의해 폭로된 사실이었다. 그러자 엄마의 단속은 그 강도가 더 심해졌다. 나와 순임이 남자와 여자 사이가 될까 봐 전전긍긍하는 것이었다.

엄마한테는 안심시키고 우리는 급속도로 가까워졌다. 물론 '담벼락 사건'이 그 발화점 역할을 했음을 두말할 것도 없었다. 우선 나와 순임의 말투는 좀 더 장난스러워졌고 친밀감도 높아졌다. 음… 그리고 또 시간 나는 대로 틈나는 대로 우리는 서로의 입술과 혀를 교환했다. 자고로 남녀 사이란 단 한 번의 스킨십이 어렵지 그걸 넘어서면 진도 빼기가 훨씬 수월해진다는 것은 만고의 진리였다.

순임은 집을 나간 며칠 동안 내 전화와 카톡, 문자도 다 무시했다. 경찰서로 넘어간 편의점 일만 아니었다면 순임과 연락이 완전히 끊어졌을지도 몰랐다. '절도'라는 무시무시한 죄명에 자유로울 수 없었던 순임은 겁을 잔뜩 먹었다.

순임이 먼저 만나자는 연락을 해왔다. 나는 순임과 함께 편의점에 가서 꽤 많은 돈을 물어주고 통사정을 해서 고소취하를 받아냈다. 이로써 순임은 나한테 또 한 번의 빚을 진 셈이었다. 그러니 순임이 나를 믿고 의지하는 것은 당연한 순서였다.

순임은 찜질방에서 머물고 있었다. 순임이도 자신의 임대 아파트를 임대했기 때문이었다. 공식적인 일은 아니었지만, 사정이 딱한 탈북자에게 돈을 받고 임대하는 일이 종종 있다고 했다. 순임

못찾겠다
꾀꼬리

에게 그 탈북자에 관해서 물어보면 말을 아꼈다. 세입자가 정말 탈북자인지 아닌지도 의심스러웠다. 말끝에 태국에서부터 알고 지냈던 브로커라고 한 적이 있는 걸 보면 언니에 관한 소식을 듣기 위해서일지도 모른다는 생각에 더 이상 캐묻지 않았다.

다만 걸리는 점이 있다면 브로커인지 탈북자인지 하는 사람이 남자라는 것이다. 적당한 때에 주의를 시켜야겠다는 마음은 있었지만 내가 그녀의 사생활을 간섭할 입장은 아니라는 생각이 들기도 했다. 하긴 궁금한 점이 그뿐만은 아니었다. 순임이 큰할아버지에게 자기 집 불행에 대해 책임 추궁을 했던 이유에 대해서도 함묵했다. 큰할아버지도 그 문제에 대해서만은 우물쭈물 넘어갔다.

나는 엄마의 눈을 피해 하루가 멀다고 순임을 만났다. 처음에는 순임이 있는 찜질방으로 찾아갔지만 꺼리는 눈치여서 밖에서 만났다. 순전히 내 기분 탓이었겠지만 순임이 나를 대하는 태도도 전보다 더 나긋나긋해지고 고분고분해진 것도 놀라운 변화였다. 스킨십을 먼저 시도한 쪽에서 의도된 목표가 있는 걸까. 우리가 동년배이긴 했지만, 생사고락을 겪은 순임에 비하면 나는 인생 하수일지도 몰랐다.

지가증권에 대해서 말이 나왔다. 그녀가 먼저 꺼냈다면 다분히 의도한 것이었을 테고 내가 먼저 시작했다면 그녀의 의도에 내가 넘어간 것일 테지만 그게 중요한 것이 아니다. 다만 그 시기가 찐한 키스를 나눈 후 다음 단계에 대해 내가 잔뜩 몸이 달아있을 즈음이라는 것이 중요했다. 바로 중요한 그 시점에 지가증권에 대한 말이 나왔다.

어찌 보면 우리 사랑의 최대 장애물이 그놈의 '지가증권'일 테니 한번은 짚고 넘어가야 할 문제이기도 했다.

"너도 알고 있지?"

"뭘?"

"지가증권이 지금에 와서 별로 법적 효력이 발생할 수 없다는 걸 말이야. 큰할아버지도 그걸 자꾸 물고 늘어지는 건 좀 그래."

그 순간, 내 얼굴이 살짝 붉어졌는지도 몰랐다. 우리 가족에게 이익이 되는 노선 쪽 발언을 하려니까 양심의 가책을 느꼈다. 나는 얼른 순임의 눈치를 살폈다. 아니나 다를까 순임의 얼굴에는 이내 찬바람이 돌았고 눈매가 위로 치켜 올라갔다. 단단히 삐졌을 때 짓는 순임의 전형적인 표정이었다.

"아니, 그게 말이야 꼭 효력이 없다기보다 세월이 너무 흘러서…"

나는 어쩌고저쩌고하면서 장광설을 늘어놓기 시작했다. 우리 집 역사와 더불어 할머니와 할아버지의 과거사까지. 그런 과정에서 아버지와 엄마, 그리고 나의 말 못할 희생에 대해 말했다. 말이 많으면 밀리는 걸 알면서도 나는 아무 말이라도 마구 해대고 싶은 심정이었다. 효과는 있었다. 순임의 꼭 다문 입술이 열린 걸 보면.

"그래서 그게 네 생각이니?"

"뭘?"

순임이 나에게 던진 물음을 나도 똑같이 되풀이하고 있었다. 핑퐁 게임도 아니고 우리는 뻔한 질문을 주고받았다. 한시가 급하게 진도를 빼야 할 청춘 남녀가 그렇게 뻔한 대화를 주고받는 일에 시간을 허비해야 하는 걸까. 나는 머리를 갸웃거렸다. 하지만 순임과 공통된 주제를 가지고 대화를 나누는 것 자체를 즐기기로 했다.

조금 전 순임의 식으로 한다면 나도 입을 꼭 다물고 '쌔' 한 표정을 지어야 마땅했다. 내가 어떤 표정으로 응수해야 하나 잠깐 고민하는 사이 순임은 가차 없이 일격을 가했다. 못마땅한 낯빛을 역력히 드러낸 순임은 머리를 절레절레 흔들었다. 내가 짐짓 모르는 척 되물어온 게 가당치 않다는 듯이 희미하게 코웃음 치는 소리를 들은 것도 같았다.

"듣고 보면 너희 집 사정도 다 알겠어. 그래도 그런 세월을 따지기 이전에 정말 그렇게 스리슬쩍 넘어가도 되는 일이라고 생각하느냐고 너는!"

199

순임은 나를 지목하면서 목소리를 키웠다. 나는 괜스레 움찔했다. 내가 그녀 앞에 지금껏 쌓아온 폼이 한순간에 무너지는 것만은 막아야 했다. 나는 속으로 '지가증권이 큰할아버지 거지, 뭐 제 것이라도 되나.' 하는 생각이 들었지만 아무 말도 하지 않았다.

"음, 글쎄 내 생각이라…. 양심적으로 생각해 본다면…."

여기서 한 번 뜸을 들이면서 밀당을 해야 하는 걸까. 너무 선선히 넘어가면 나는 내내 순임의 하수로 전락하는 것은 아닐까. 커플의 공식 계산기를 두드리느라고 내 머리는 과부하가 걸릴 지경이었다.

"가슴에 손을 얹고 양심적으로 생각해 보면 뭐?"

턱밑으로 밀고 들어오는 순임의 기세에 눌려 나는 반걸음쯤 몸을 뺐다. 나는 정신을 바짝 가다듬었다. 적어도 남자 체면이 있지. 게다가 순임은 나이와 상관없이 잠시나마 중학생 과정을 공부했던 아이가 아닌가. 삼류대학생이긴 하지만 그래도 '대딩'이 '중딩 중퇴생'에 무턱대고 밀릴 수는 없는 일이었다.

문화적 수준 차이로 봐도 순임이 까마득하게 아래였다. 지금 북한 현실은 우리나라 70년대 문화 수준에 머물러 있는 정도라고 알고 있다. 아무리 신자유주의가 남발하고 정치적으로 불합리투성이긴 하지만 한때 IT 강국 대열에도 합류한 바 있는 대한민국의 현재를 사는 내가 아닌가.

절대 북한을 폄하하는 말은 아니다. 아니, 솔직히 말하면 모든 면에서 폄하하고 있다는 걸 굳이 부정하지는 않겠다. 아무튼, 어쨌든 모든 것을 차치하더라도 내가 순임한테 손톱만치라도 꿀릴 것은 없었다. 나는 아랫배에 힘을 줬다. 내 의견을 똑 부러지게 발언해야 할 때다. 여자 앞에서 남자로서의 위신이 '꽉꽉' 설 수 있어야 한다.

"그냥 이대로 묵과하고 지나갈 수는 없는 일이지, 절대!"

생각과는 달리 내 목소리가 그렇게 결단력 있게 나오지는 않았다.

"그렇지, 너도 그렇게 생각하는 거지?"

반색하는 순임이 조금 얄밉다는 생각이 들었다. 내 생각이 그러면 뭐하나. 현재 우리 집 재산이 어른들 소유지, 내 소유는 아닌데 말이다. 설사 내 소유라고 할지라도 돈 문제만큼 민감한 것이 세상천지에 어디에 있는가. 그렇다고 완전히 시침을 떼기는 뭔가 꺼림칙해서 자연 내 목소리에 힘이 없을 수밖에 없었다.

"그렇긴 하지만 세월이 너무 지나버렸고 사실 법적 효력도…"

"법적 효력이라는 거 말이야, 정말 그렇게 아무 효력 없는 거야? 재홍이 네가 좀 알아볼 수는 없어? 너는 대학생이잖아. 저번에 이야기하다 보니까 너 은근 아는 것도 많던데. 법치국가인 대한민국에서 방법이 전혀 없지는 않을 것 같은데?"

순임이 아무리 나를 치켜세워도 순임에게 단 한 가지만 끝끝내 실토하지 않을 작정이었다. 결국, 나도 우리 집 구성원일 수밖에 없는 걸까. 그 순간 순임이 내 어깨에 살그머니 기대왔다. 참으로 절묘한 타이밍이었다. 내 몸이 붕 뜨는 게 느껴졌다. 그나마 내가 정색하면서 내뱉었어야 하는 말은 고작 "근데 그게 너랑 무슨 상관인데?" 정도였다. 하지만 그 말도 타이밍을 놓친 채였다.

어깨에 살포시 기대고 있던 순임이 머리를 들고 나를 빤히 올려다보았다. 콧날과 인중 밑에 얌전히 오물거리는 입술. 조금 전 맛보았던 순임 입술의 감촉이 내 혀끝 돌기에서 하나하나 되살아나고 있었다. 희고 가는 목선 아래 봉긋 올라온 가슴에 내 시선이 머물렀다. 내 손아귀에 딱 맞을 것 같은 크기였다.

손을 꼼지락거리는 대신에 입이 열렸고 혀가 재빠르게 나불댔다. 정신이 육체에 점령당하는 것은 한순간이었다. 생각이고 의식이고 나발이고 간에 청춘의 육체적 본능은 천재지변보다 더 불가항력적인 걸까. 가장 중요한 정보까지는 아니더라도 그와 버금가는 정보 정도는 슬쩍 흘려야 하지 않을까. 순임이 나를 신뢰할 수 있는 정도의 정보를 말이다.

"사실, 내가 좀 알아본 바로는 말이야."

'꿀꺽' 침 넘어가는 소리가 크게 났다. 나와 순임의 목젖에서 난 그 소리는 한 치의 오차도 없이 동시다발이었다.

"네가 좀 알아본 바로는 뭐?"

못찾겠다
삐삐리

다시 시작된 핑퐁 게임. 즐겁다고 해야 하는 걸까 괴롭다고 해야 하는 걸까.

"그게 말이야, 지가증권이 완전 무효는 아닌 거로 알고 있어."

내가 지금 무슨 말을 지껄이는 걸까. 새빨갛다고까지는 아니더라도 거짓말은 맞았다. 순임이 그쯤에서 지나가 주길 나는 간절히 바랐다. 하지만 그녀는 집요했고 끈질겼다. 그녀는 자신이 의도한 대로 내가 넘어가 주는 척이라도 해야 직성이 풀리는 걸까.

"내가 알아본 바로는 그렇게 오래된 땅문서를 찾아주는 전문 사이트가 있는 것 같아."

이 말을 넌지시 던지고 말았다. 물론 인터넷 서핑으로 알아본 시답지 않은 자료라는 말은 하지 않았다. 최근 내 도움으로 인터넷의 맛을 조금씩 들여가는 순임이 그걸 알아본다면 내 위신은 말이 아닐 수도 있을 테니까. 하긴 시간이 지나면 자연히 알아차리고 말 일이긴 하겠지만 말이다. 여태껏 쌓아온 내 폼을 지금 이 순간만큼은 바닥에 곤두박질치게 하고 싶지 않았다.

"그래? 그런 곳이 있단 말이지!"

순임의 눈이 거의 쌍라이트 수준으로 밝아졌다. 이제까지 순임을 대하면서 이토록 눈에 광채가 뿜겨져 나오는 것은 처음 봤다.

나는 그저 눈앞에 보이는 고지에만 온통 정신이 쏠려있었다. 내 머릿속에는 오직 봉긋 올라온 순임의 젖가슴이 내 손아귀에 들어오는 시간만을 기다렸다.

"난 진짜, 네 생각이 궁금했거든. 그까짓 땅이니, 집이니 하는 것은 어른들 문제일 테고 너의 순수한 생각은 어떨까 궁금했어. 근데 너는 역시 내가 생각한 대로 멋지다."

순임은 다소곳이 눈을 내리깔고 내 손가락을 만지작거렸다.

"무슨 생각?"

"어느 곳에 치우치지 않는 정당하고 공정한 생각."

나는 머리를 크게 끄덕거렸다. 갑자기 내가 공명정대함의 화신이라는 된듯해서 가슴이 뿌듯해졌다.

"네 생각엔 어때? 우리가 너희 식구에게 지분을 나눠달라고 한다면 너무 부당한 걸까?"

순임은 끊임없이 내 생각을 물었다. 조금 전 순박한 그녀는 사라졌다. 땅이니, 집이니 하는 것은 어른들의 문제라고 하던 순임은 이제 자기 친할아버지도 아닌 우리 큰할아버지를 '우리'라는 엮고 있었다.

나는 머리를 크게 내저었다. 이로써 그동안 대외적으로 갈팡질팡하던 내 노선이 확실히 정해지고 있는 셈이었다. 하지만 적어도 순임 앞에서는 그녀의 편인 척을 해야만 했다.

"아니야, 어느 정도는 재산 분배해야 도리인 거지. 나는 그게 돌아가신 우리 할아버지와 그 윗분들에 대한 최소한의 예의라고 생각해."

비위 맞추는 김에 끝까지 달려보자는 마음이었다.

"그럼 그렇지. 재홍이 너는 역시 완전 최고이라니까."

내가 이렇게 주접을 떠는 걸 우리 식구가 본다면? 할머니와 엄마의 쌍심지를 켜는 눈이 생각났다. 자칫하다가는 최씨 가문 호적에서 영원히 제명당할 수도 있는 위험한 발언을 서슴없이 하고 있다는 것도 알고 있었다. 하지만 나는 큰할아버지 수중에 있는 지가증권이 순임한테까지 재산상 어떤 영향을 끼칠 리도 없거니와 그걸 법적으로 알아보는 일 또한 쉽지 않다는 것을 알고 있었다.

"그런데 문제는 그걸 직접 가지고 가서 상담을 받아봐야 안다는 거지. 법무사한테든, 변호사한테든."

나는 최대로 안타까운 표정을 지어 보였다. 순임의 눈빛에 금세 그늘이 드리워졌다. 나는 내친김에 큰할아버지의 손녀도 아닌 순임이가 지가증권에 유독 관심을 두는 이유에 대해서 한 발짝 더 내딛어보기로 했다. 대답은 허무할 정도로 간단명료했다.

"나도 큰돈이 좀 필요하거든."

"하지만 너한테까지 갈 돈은 아니지 않니?"

나는 단도직입적으로 물었다.

"너희 큰할아버지가 나한테 변상해야 할 게 많아. 도의적인 부분에서."

순임은 역시 당돌했다. 어렴풋이 짐작 가는 부분이 없지 않았다. 외나무다리에서 만난 원수라는 말 속에 어떤 저의가 숨어 있으리란 것을 알았다. 순임은 하루속히 언니를 구해내야 하는 입장이었다. 순임의 임대아파트에 머무르는 사람도 언니와 통하는 방법을 모색해줄 사람이라고 한 적이 있는 걸 보면 말이다.

"언니가 아직 살아있대. 거기서 개고생하는 불쌍한 우리 언니를 빨리 구해내려면 나는 돈이 정말 필요해. 네가 꼭 좀 도와줘."

순임은 다른 어느 때보다 절실한 표정이었다.

17
사라진 문서

"땅문서, 지가증권이 없어졌어!"

이른 아침 큰할아버지가 난데없이 고함을 쳤다. 곧이어 내 방문이 열렸다. 순임이 집을 나가서 그 방이 비었지만, 큰할아버지는 변함없이 내 방에 기거했다. 엄마는 여전히 군식구 때문에 생활비가 든다고 습관적으로 구시렁거렸고 할머니는 큰할아버지에게 거실을 통째로 내주고 노인정에 가서 큰할아버지 흉을 배가 터지게 보는 것으로 스트레스를 해소했다.

엄마도 무슨 핑계를 만들어서라도 집을 나갔다. 썰렁한 부엌의 전기밥통에는 찬밥 한 덩어리가 꾸드러져 있거나 텅 비어 있기

일쑤였다. 큰할아버지는 점심을 굶을 때가 다반사인 눈치였다. 아버지도 이제 큰할아버지 편에 서지 않았다. 큰할아버지는 한집에 살지만, 식구라고 말할 수 없는 사람이 되어갔다.

그 와중에도 큰할아버지는 나를 가장 만만하게 여겼다. 나를 동생의 손자로 바라보던 애틋한 눈길은 사라진 지 오래였다. 마치 내가 당신 잔심부름 담당인 것처럼 부려 먹었다. 그걸 아는 엄마는 할머니에게 불만을 토로했고 결국 할머니와 큰할아버지의 싸움으로 번졌다.

그럴 때마다 큰할아버지는 우리 식구 앞에서 낡고 찌든 손수건 같은 지가증권을 펄럭거렸다. 그러나 그것도 하루 이틀이었다. 우리 식구 누구도 그것 때문에 기가 죽거나 움츠러들지 않았다. 막판에는 큰할아버지가 우리 할아버지 이름을 부르며 우는 소동을 한바탕 치르는 것으로 종결되곤 했다.

"저놈의 늙은이 꼴도 보기 싫어 죽겠어."

할머니는 노골적으로 큰할아버지 욕을 했다.

"저놈의 종이도 확 찢어 버리든지 해야지."라는 소리도 할머니 입에서 떠날 줄 몰랐다. 그렇다고 큰할아버지가 그 낡은 종이로 구체적인 일을 도모해 보려는 것도 아니었다. 그냥 빌미가 아니었을까?

그랬다. 딱 빌미였다. 동생 식구들과 한 공간에서 살 수 있는 이유 내지 '건수'. 원수니 구수니 해도 가족이라는 울타리 안에서 아웅다웅하고 싶은 그것.

"누구래 내 물건에 손을 댄 기지비?"

큰할아버지의 작은 눈이 곤두서 있었다.

"손을 대다니요? 이젠 우릴 도둑으로 몰 참이에요?"

할머니가 삿대질이라도 할 듯 덤벼들었다.

"아이 기래지 않다면 그기 어디로 간 기랍네까? 발이 달린 물건도 아이고."

"우린들 아나요. 자기 물건은 자기가 간수 해야지."

"얼른 내놓으시라요. 제수씨!"

"아니, 이 양반이. 내가 가져갔다는 증거라도 있어요?"

목소리가 점점 날카로워졌고 수위도 높아갔다. 엄마도 큰아버님이 너무 하시는 것 아니냐고 한마디 거들었고 아버지도 심하신 것 같다고 볼멘소리를 했다.

기세등등하던 큰할아버지도 처음과는 달리 울상인 표정으로 주저앉았다. 곧이어 동생 이름을 부르며 소 울음을 쏟아낼 차례였다. 할머니는 큰할아버지를 외면했고 엄마는 고개를 절레절레 흔들었다. 아버지도 진즉 베란다에 나가서 담배에 불을 붙였다. 그러나 우리 귀에는 큰할아버지 울음소리가 들리지 않았다. 큰할아버지는 어깨를 늘어뜨리고 방으로 들어가 버렸다.

그와 동시에 엄마가 할머니의 소맷자락을 끌어당겼다. 아버지도 담배꽁초를 눌러 끄고는 할머니와 엄마의 행동을 곁눈질로 지켜봤다. 할머니와 엄마는 큰할아버지 방문을 주시하며 식탁에 마주 앉았다. 나는 엉거주춤한 자세로 서 있다가 물을 먹는 척하며 주방으로 냉큼 따라 들어 왔다. 아버지도 질세라 거실을 가로질러 단숨에 주방 쪽으로 몸을 순간 이동했다.

　"어머니세요?"

　엄마가 할머니를 향해 눈을 끔뻑했다. 할머니는 황급히 머리를 가로저었다. 그러고는 엄마를 향해 턱짓을 해 보였다. 목소리는 무음이 된 상태였지만 당사자인 엄마뿐 아니라 나와 아버지도 충분히 인지할 수 있는 보디랭귀지였다.

　"난 아니다. 어미 너 아니었니?"

　할머니의 턱짓에 엄마의 눈이 커졌다. 손사래까지 쳐 보이면서.

　"전 아니죠. 그렇다면…"

　엄마의 시선이 식탁 근처에 서 있는 아버지에게로 옮겨졌다. 턱 대신 입술을 쭉 내민 엄마의 제스처. 그와 동시에 할머니도 아버지 팔을 툭 치며 싱긋 웃었다. 아버지는 엄지를 가로 눕혀 자신의 가슴을 가리키며 눈을 치떴다. 아버지가 그다음 제스처로 막 넘어갈 순간이었다. 내가 나지막하게 읊조렸다.

　"에이, 아버지 맞네. 울 아버지 짱이네. 할머니 울 아버지 잘했죠, 그렇죠?"

할머니는 눈을 끔뻑이고는 머리를 크게 끄덕거렸다. 엄마도 애교스러운 웃음을 흘리며 아버지를 향해 밉지 않게 눈을 흘겼다. 그러고는 입 주위를 손으로 가리고 킥하고 웃었다. 아버지는 양 손바닥을 펴 보이며 어깨를 들썩거렸지만, 기분 좋은 표정이었다. 오래간만에 집안의 두 여자에게 칭찬을 들었으니 아버지로서는 으쓱할 만도 했다.

"어미야, 얼른 밥해라. 우리 식구 아침 먹자."

할머니가 아무 일도 없었다는 듯이 식탁 의자에서 일어나며 활기찬 목소리로 말했다.

"네, 어머니. 오늘 아침에는 시원한 뭇국이나 끓일까 봐요."

"그거 좋지. 너희 큰아버님도 뭇국 좋아하시지 않니."

할머니는 큰할아버지 방을 향해 큰 소리로 말하고는 방으로 들어갔다. 아버지는 짧은 순간 황당한 표정을 지었지만 이내 사람 좋은 낯빛으로 돌아왔다. 엄마가 아버지를 팔을 잡아당겨 귀엣말했다.

"오오, 잘했어. 우리 신랑, 예뻐 죽겠어. 앓던 이 빠진 거처럼 시원하네."

아버지는 한술 더 떴다.

"나 정말 잘했지?"

"확인했어?

엄마가 냉큼 물었다.

"뭘?"

"지번 말이야? 김포 땅 주소가 거기 적혀있어? 없어?"

아버지는 애매모호한 표정으로 흐흐 웃었다.

18
해피엔딩과 새드엔딩

순임은 멀리서 바라보기만 해도 빛이 났다. 순임은 이른 여름빛을 통째로 흡수한 양 화사하고 상큼했다. 적당한 길이의 단발머리에 뽀얀 허벅지가 드러난 미니스커트를 입은 순임은 세상을 다 주어도 바꾸고 싶지 않을 만큼 예뻤다.

큰할아버지가 나에게 은근슬쩍 묻곤 했다.

"순임이는 잘 지내고 있냐? 순임이 예쁘지?"

큰할아버지는 다 알고 있다는 투로 눈을 찡긋해 보이기까지 했다. 내가 들릴 듯 말 듯한 목소리로 간신히 대답하면 큰할아버지는 다음 말을 했다.

"불쌍한 애다. 잘해줘라."

큰할아버지 목소리에 물기가 묻어났다. 나는 그 부분에서는 머리를 끄덕거리지 못했다. 순임이 예쁘다는 말은 천만번 인정하고 내가 잘해줘야 한다는 것도 알고 있지만 불쌍한 애라는 것은 인정할 수 없다. 예쁜 여자는 불쌍해질 수 없는 법이다.

순임은 점점 더 세련되어져 갔고 영악해졌다. 순임과 한 번 만날 때마다 내 지갑은 출혈이 심했다. 하지만 그녀와의 달콤한 만남을 멈출 수가 없었다. 만남이 잦아지면서 그녀에게로 성큼 다가서고 싶은 마음뿐이었지만, 그녀가 그어놓은 금을 넘기는 쉽지 않았다. 한참 혈기왕성한 나로서는 진도를 빨리 빼고 싶은 마음이 너무 간절했지만, 그녀는 자기가 정해놓은 선을 넘는 것을 손톱만큼도 허용치 않았다.

"네가 원하는 게 뭔데?"

나는 골난 척하면서 툭 던졌다.

"몰라서 물어?"

안다, 알아. 하지만…. 나는 속으로 머리를 세차게 가로저었다.

"한 번 상담이라도 받아보자. 그것도 안 돼?"

순임이 코맹맹이 소리를 했다. 내 대답은 초지일관 절레절레였다. 순임이 토라졌다. 그녀의 토라짐은 나에게 형벌이나 다르지 않왔다. 토라지면 그녀가 그어놓은 금이 상한가를 치며 나에게 접근금지 명령이 떨어졌다. 나는 할 수 있다. 아니 할 수 없다. 할 수도 있다. 아니 할 수도 없다. 한 번 상담만 받아보기만 한다는데. 아니, 상담 한 번 받아봐선 또 뭐 하나. 내 마음속 두 목소리가 하루에도 열두 번은 각을 곤두세웠다. 순임이 이런 나에게 한 방의 혹을 준비했다. 늘 궁금했지만, 속 시원히 듣지 못했던 큰할아버지와 순임의 관계였다. 나는 그녀의 의도대로 혹 가긴 했다.

43호로 불리던 최수만은 우리 큰할아버지였다. 43호로 불린 사람은 큰할아버지뿐만이 아니었다. 모든 국군포로를 지칭하는 북한 인민 번호였다는 것을 나도 큰할아버지한테 들어서 익히 알고 있었다.

"내가 우리 친할아버지도 43호라고 했지?"

'그래서 뭐?'라는 의문이 들었다.

"두 분이 오랜 동무인 걸 몰랐지?"

"아, 그랬구나."

원수니, 외나무다리니 하는 말의 열쇠가 이제야 풀리는 걸까. 나는 귀를 곤두세웠다.

순임이 할아버지와 우리 큰할아버지는 한국전쟁 국군포로로 함께 사선을 넘은 동료이자 친구였다. 43호로 불리는 두 사람은 젊은 시절 아오지 탄광에서 모진 고생을 했다. 대한민국에서 살다 온 두 사람은 북한체제에 불만이 많을 수밖에 없었다.

피가 뜨거운 두 사람은 북한에서 볼 때 지극히 위험하고 불온한 사상을 토로했고 서로를 위로했다. 두 사람이 각자 결혼을 하고 자식이 커갔지만, 탄광 생활은 바뀌지 않았다. 그때 큰할아버지가 생명이 위태할 만큼의 재귀열을 앓았다.

큰할아버지 이야기가 생각났다. 자기가 살기 위해서 동료를 고발하기도 했던 43호들의 이야기. 큰할아버지는 무심하게 말했다. 함께 사선을 넘은 동료였던 전우를 음해했다고. 북조선과 김일성 원수에 대해 불온한 말로 주위를 동요시키더라고. 전우는 반동분자로 수용소에 끌려가고 큰할아버지는 포상으로 병원에서 치료를 받을 수 있었다고. 하지만 그 전우의 이름은 잊을 수 없었노라고.

그 전우는 바로 순임의 할아버지였다. 그로 인해 순임의 가족은 악질 반동분자로 낙인이 찍혔다. 순임의 할아버지는 수용소에 끌려가기 직전까지 가족에게도 최수만이라는 이름 석 자를 골수에 새기며 이를 갈게 했단다. 순임의 가족에게 큰할아버지는 철천지원수였다.

순임의 언니가 큰할아버지를 청진에서 만났을 때 그 이름을 알게 되었다. 할아버지의 원수이자 순임이 집안의 원수. 죽여 버리고 싶었고 실제로 죽여 버리려고 했다. 그러나 일은 틀어졌고 두 사람은 헤어졌다. 정확히 말하면 큰할아버지가 언니로부터 피해서 도망쳤다. 그 후 순임이 언니와 만났을 때 그 이야기를 전해 들었다고 했다.

두 자매가 탈북을 도모했지만 결국 언니는 태국 접경지역에 남게 되었고 순임만 남한으로 넘어왔다. 그런데 하나원에서 순임이 큰할아버지를 만난 것이다. 남녀의 숙소가 달랐지만, 식당과 산책로에서 큰할아버지는 순임을 만날 수 있었다. 웃을 때 덧니가 인상적이었던 순임은 큰할아버지 눈에 띄었고 말을 먼저 시킨 쪽도 큰할아버지였다. 두 사람 말대로 원수가 외나무다리에서 만난 셈이었다.

이런저런 대화 끝에 큰할아버지는 꽃임을 꽃제비들에게 구해준 생색을 냈고 순임은 순임대로 질세라 큰할아버지 고발로 인해 비참하게 생을 마감한 할아버지와 자기 가족사를 들이대며 겁박했다. 큰할아버지는 순임에게 남한 고향 땅이 다 자기 것이라고 떠벌리면서 땅을 찾게 되면 순임에게 한몫 떼어줄 거라고 호언장담했다고 한다.

결국, 탈북하지 못한 언니를 함께 구해보자는 데 합의를 보았고 두 사람은 가족처럼 행세하게 되었다. 하지만 큰할아버지는 마음이 서서히 바뀌었다. 순임이 언니 일로 큰할아버지에게 돈을 요구하면 자꾸 핑계를 댔다.

순임은 긴 이야기가 끝났을 때 숨을 몰아쉬었다. 듣는 나도 숨이 찼다.

"언니를 한국으로 오게 하려면 돈이 필요해. 그것도 아주 많이."

순임의 눈빛이 간절했다. 저 눈빛 속에 어느 만큼의 진실이 작용하는지 아무도 몰랐다. 내 입장이 난처했다.

순임이 환한 미소로 오직 나를 향해 웃고 있었다. 그녀에게 향하는 내 발걸음이 가볍다. 아니 무겁다. 횡단보도를 다 건너자 그녀가 나를 향해 팔을 벌렸다. 아직 해가 채 지지 않은 길거리에서 얼굴이 와락 붉어졌지만, 행복감이 폭풍처럼 밀려왔다. 길거리면 어때. 순임이 내 품에 안긴다는데. 온몸을 내게 내던지면서 순임이 말했다. 절대 잊어버렸을 리 없는 말이었다.

"진짜 가져온 거 맞지."

나는 순임의 어깨를 오른팔로 감싸며 왼손으로 가슴을 탁탁 쳐 보였다. 걱정하지 말라는 제스처였다.

"이리 줘봐."

순임이 두 손바닥을 활짝 폈다. 약지에 박힌 반지. 내가 비상금을 털어서 산 커플링이었다.

"내가 가져갈게."

못찾겠다
꾀꼬리

"싫어, 내가 가져갈 거야."

콧소리를 하며 눈을 흘기는 그 표정에는 정말 당해낼 재간이 없었다. 순임이 자기 몸을 내 몸으로 바짝 밀착해오며 강아지 소리를 냈다. 남한에 와서 못 돼 먹은 것만 배웠나 보다. 그렇게 생각하면서도 나는 생각 따로 몸 따로 움직였다.

어느 틈엔가 그것이 순임의 수중으로 건너갔다. 나도 한마디 해야 했다. 중요한 순간이 아닌가.

"약속 잊지 마."

"무슨 약속?"

꼭 딴소리다.

"정말 이러기야!"

"아, 상담 한 번만 받아본다는 거."

나는 그만 말문이 막혔다. 밀당의 고수다. 아니 여우다. 내가 무슨 말인가 하려니까 내 볼에다 제 입술을 맞췄다.

"이런 거!"

그녀가 부끄럽다는 듯이 저 앞으로 걸어갔다. 순임이 즐거워 보였다. 팔랑거리는 나비처럼 도로를 휘젓고 다녔다. 그녀의 자태에 취해 내 걸음이 휘청거렸다. 늦은 봄기운에 취해가는 기분이었다.

큰할아버지의 지가증권을 가져간 사람이 나라는 사실이 밝혀

지면, 그리고 그걸 순임에게 가져다준 것까지 드러난다면 나는 일제강점기에 매국노보다 더한 손가락질을 받을 것이다. 우리 집 식구는 물론이거니와 큰할아버지한테도 말이다. 엄마는 나에게 그년과 어디까지 간 것이냐고 종주먹을 들이댈지도 모른다. 내가 기대하는 것은 해피엔딩일까 아니면 새드엔딩일까.

나는 그 빤하디빤한 결말을 알고 있었다. 큰할아버지가 신줏단지처럼 모시던 지가증권이 아무 쓸모 없는 낡은 종이쪽지에 지나지 않는다는 사실을 알았다. 그 날깃날깃하고 누런 종이에는 지번이 명시되어 있지 않았다. 어쩌면 큰할아버지가 먼저 그 사실을 알고 있었던 것인지도 몰랐다.

큰할아버지에게 그 종이는 법적 효력이나 재산상의 이익 이전에 우리와 가족이 될 수 있는 단 하나의 명분이었던 것은 아니었을까. 큰할아버지의 유일한 피붙이였던 동생의 가족과 억지라도 식구로 묶이고 싶은 것. 그것이 현실에서는 불투명하고 불안했기에 더 절실했던 것은 아니었을까.

어릴 적 김포 고향 집 들녘에 어스름이 지면 동네에서 밥 냄새가 났다. 술래잡기하던 아이들은 하나둘씩 집으로 돌아갔다. 어느 집 부엌에서는 찌개 냄새가 풍겼고 일을 마치고 집에 돌아온 아빠의 굵은 목소리와 아이들의 웃음소리가 함께 자지러졌다.

그 순간에도 집을 찾아가지 못해 영원한 술래가 되어 '못 찾겠다 꾀꼬리'를 외치는 한 아이의 외로움을 한 번도 생각해 보지 않았다. 앞서 가는 순임에게서 그 아이의 모습이 겹쳐졌다.

순임 또한 이 낯설고 차가운 거리에서 누군가를 애타게 찾아 헤매는 술래인지도 몰랐다. 하루속히 가족이 있는 집에 스며들고 싶지만, 밖을 헤매야 하는 숙명을 가진 술래들. 순임과 큰할아버지, 모두 낯선 골목이나 들녘에서 아무도 귀 기울여 주지 않는 '못 찾겠다 꾀꼬리'를 목청껏 외치는 아이들인 것만 같았다.

내가 손을 뻗치면 닿을 듯 가까운 거리에 순임이 걷고 있었다. 하지만 그녀와 나 사이의 거리가 자꾸 멀게만 느껴지는 것은 무슨 까닭일까.